KB262062

노벨문학상의 도전, 한강의 탄생

노벨문학상의 도전, 한강의 탄생

노벨문학상의 도전, 한강의 탄생

초판 1쇄 발행 | 2024년 12월 27일

지은이 | 이봉호
펴낸이 | 박영욱
펴낸곳 | 북오션

주   소 | 서울시 마포구 월드컵로 14길 62 북오션빌딩
이메일 | bookocean@naver.com
네이버포스트 | post.naver.com/bookocean
페이스북 | facebook.com/bookocean.book
인스타그램 | instagram.com/bookocean777
유튜브 | 쏠쏠TV·쏠쏠라이프TV
전   화 | 편집문의: 02-325-9172   영업문의: 02-322-6709
팩   스 | 02-3143-3964

출판신고번호 | 제 2007-000197호

ISBN 978-89-6799-863-9 (03810)

노벨문학상의 도전, 한강의 탄생

이봉호 지음

북오션

황홀한 순간

—

성석제 작가는 이렇게 말했다. '번쩍' 하는 황홀한 순간이 있다고. 내게도 그런 순간이 존재했다. 회사일을 마치고 광화문 술집에서 신춘문예를 준비하는 선배를 만났다. 그는 내게 이렇게 말하더라. 이제는 문학을 읽지만 말고 직접 써보라고.

선배의 조언이 끝나기가 무섭게 천장에서 소설책이 와르르 쏟아졌다. 기억에 의하면 김승옥, 최인훈, 강석경, 한강, 아베 코보, 마루야마 겐지, 잭 캐루악, 토마스 만, 윌리엄 포크너, 에두아르도 갈레아노 등의 작품이었다.

소설가의 각오

—

기술한 내용은 벌써 20년 전의 이야기다. 술집에서 나는 선배한테 "오늘부터 소설가, 아니 소설가 지망생입니다."라고 선언했다. 선배는 후덕한 표정으로 우선 소설 창작부터 배우라고 조언하더라. 필자는 다음 날 신촌 한겨레 문화센터에 등록했다.

당시 강사였던 박성원 작가는 내게 소설을 가르쳐준 소중한 인연이다. 그와 신촌에서 술잔을 기울이며 주고 받았던 수많은 대화들. 문학에 관한 내 질문폭탄을 거부하지 않고 찬찬히 가르침을 준 그 덕분에 14편에 달하는 중단편 습작이 가능했다.

전국 금융인 문화제

—

단편소설 〈동행〉은 내가 쓴 두 번째 소설이었다. 이 글로 전국 금융인 문화제에서 덜컥 금상을 받았다. 심사위원은 《삿뽀로 여인숙》을 쓴 하성란 작가였다. 박성원 작가는 내게 연말에 신춘문예에 도전해보라고 독려했다.

뛰어봐야 벼룩이었다. 2년 연속으로 신춘문예에 탈락하자 슬슬 소설가에 대한 희망이 사그러져 갔다. 이후 단편소설을 다듬어 광명시 신인문학상과 계간 만다라 문학상을 받기도 했다. 하지만 내게 전업 소설가란 한 여름밤의 꿈이었다.

작가의 길

—

비록 소설가라는 명함을 얻지 못했지만 30대 초반부터 외부 매체에 글을 쓰는 일을 게을리하지 않았다. 그 와중에도 한국문학에 대한 애정은 여전했다. 신춘문예 수상작에서부터 기성작가의 신간까지 다독을 거듭했다.

시와 소설은 글에 생명력을 넣어주는 장르다.《협궤열차》를 저술한 윤후명 작가가 말하지 않았던가. 빛나는 한 문장만으로도 훌륭한 단편소설이 완성될 수 있다고. 동의한다. 작가의 길이란 단어와 문장과 문단과의 지난한 다툼의 과정이 아닐까.

노벨문학상의 시대

—

2024년 10월, 한국문학에 작은 기적이 일어났다. 예전부터 하마평에 올랐던 작가는 있었지만 대한민국에 노벨문학상이라는 꽃비가 이렇게 빨리 내릴 줄은 몰랐다. 기쁜 정도가 아니라 밤잠을 뒤척일 정도로 뿌듯한 감상이 연일 밀려왔다.

나는 출판사 대표님에게 이렇게 제안했다. 이번 기회에 노벨문학상, 한국문학, 한강 작가를 아우르는 글을 써보겠다고. 예상대로 노벨문학상의 세계를 다루는 과정이 쉽지 않았다. 그럼에도 문학에 대한 애정이 있었기에 여기까지 달려왔다.

다시 태어나도 이 길을

—

글과 함께 25년을 넘는 세월을 보냈다. 필자의 경험에 의하면 가장 어려운 글은 소설이었다. 그렇기에 3년을 채우지 못하고 소설가의 길을 접은 게 아닐까 싶다. 하지만 다른 장르의 글에 매진하면서 어지러운 시간을 돌하루방처럼 버텨왔다.

이번 책에서는 다양한 시각을 가진 인물의 인터뷰를 넣었다. 바쁜 와중에도 흔쾌히 인터뷰에 응해준 분들께 깊은 고마움의 인사를 전한다. 그들의 배려가 있었기에 또 한 권의 글모음이 만들어졌다. 책은 사람을 만들고 사람은 책에 손을 내민다. 아울러 세계문학의 중심에 선 한강 작가에게 축하의 박수를 보낸다.

2024년 12월,

한국문학의 또 다른 기적을 염원하며

차례

1부

노벨문학상이 걸어온 길

1장

나는 전설이다

노벨상 이야기

1901년부터 등장한 노벨상은 한 과학자의 유언에서 비롯되었다. 스웨덴에서 태어난 알프레드 노벨은 사업가인 자신의 아버지를 따라 러시아로 이주한다. 18세에는 미국에서 4년에 걸쳐 화학과 기계 공학을 전공한다.

다시 러시아에서 아버지와 함께 과학자의 삶을 영위하던 그는 스웨덴 스톡홀름으로 복귀하여 다이너마이트 발명을 마무리한다. 1867년 다이너마이트 특허를 얻은 알프레드 노벨은 스웨덴을 대표하는 부호로 자리잡는다.

발명가의 빛과 그늘

다이너마이트는 그의 인생에 빛과 그늘을 함께 선사한다. 사업에 파산했던 아버지와 달리 알프레드 노벨은 발명가로서 엄청난 경제적 자유를 얻었지만 전쟁에 악용되는 다이너마이트의 치명적인 문제점을 목도하면서 스스로를 자책할 수밖에 없었다.

마음의 짐이 컸던 것일까. 평생을 독신으로 살았던 그는 말년에 세계 평화에 이바지하려고 다방면으로 노력한다. 알프레드 노벨은 평화운동에 열정을 쏟았던 자신의 비서를 위해 많은 돈을 지원했던 인물이다.

알프레드 노벨의 유언

죽음을 앞둔 그의 마지막 꿈은 세계 평화와 함께 인류에게 해를 끼치지 않는 과학의 발전이었다. 사업가이자 자산가로 후반생을 보냈던 그는 서서히 자신의 유언을 준비한다. 천문학적인 부를 이승에 방치하고 사라지기가 못내 아쉬웠던 것이다.

알프레드 노벨은 재산의 이자로 문학, 물리학, 화학, 생리학-의학, 평화라는 다섯 부문에 공헌을 한 인물을 선정하여 상금을 주라는 유언을 남긴다. 1896년 세상을 떠난 그의 유산은 스웨덴 과학 아카데미로 전달된다.

노벨상의 시대

스웨덴 정부에서는 천재 과학자의 뜻을 기려 1901년부터 노벨상 제도를 전격 시행한다. 주최측에서는 알프레드 노벨의 유언에서 언급했던 부문에 1969년부터 경제학을 추가하여 유동적이지만 모두 6개의 노벨상을 수여한다.

현재 노벨상의 주최 기관은 스웨덴 왕립과학아카데미와 노르웨이 노벨위원회로 나뉘어져 있다. 매년 개최하는 노벨상 시상식 장소는 스웨덴 스톡홀름이며 평화상만 노르웨이 오슬로다. 시상은 알프레드 노벨이 세상을 떠난 12월 10일에 치러진다.

노벨상 심사기관

심사기관은 항목별로 다음과 같다. 우선 문학상은 스웨덴 한림원에서 심사하는데 자세한 내용은 다음 장에서 확인할 수 있다. 물리학과 화학상은 스웨덴 왕립 과학 아카데미이며 생리학-의학상은 스톡홀름에 있는 카롤린 의학연구소에서 담당한다.

2000년 김대중 대통령이 수상했던 평화상은 노르웨이 국회가 선출한 5인 위원회가 분담한다. 노벨 기금과 별도로 1968년 스웨덴 국립은행의 창립 300주년 기념 사업의 일환으로서 제정된 경제학상은 스웨덴 왕립 과학 아카데미에서 선출한다.

2장

노벨문학상의 비밀

문학과 인문학 사이

작품이 아닌 작가에게 수여하는 노벨문학상은 작가라는 호칭에 포함되는 시인이나 소설가라는 인물에 한정하지 않는다. 대표적인 과거 수상자의 예로 가수 밥 딜런을 포함하여 철학자 버트런드 러셀과 앙리 베르그송, 역사학자 테오도어 몸젠이 그들이다.

결국 노벨문학상은 문학에 한정하지 않고 인문학까지 선정 영역이 펼쳐진다는 점을 알 수 있다. 한편 수상작의 언어를 보면 영어가 가장 많으며 프랑스어와 독일어가 그 뒤를 따른다. 다음은 노벨위원회 공식 홈페이지에 나오는 수상자 선정 절차다.

노벨 문학 분과위원회

수상자 선정 작업은 시상 해의 전년도 9월부터 시작한다. 수상 후보를 추천해달라는 서한을 전 세계 전문가 수백 명에게 발송한다. 후보 추천자의 자격은 한림원 소속 회원과 그와 비슷한 목적의 학술기관과 협회의 회원, 대학교의 문학과 언어학 교수들에게 주어진다.

역대 노벨문학상 수상자와 각국을 대표하는 작가 협회에도 후보 추천 자격을 부여한다. 후보 추천 요청을 받은 이들은 시상 연도의 1월 31일까지 답신을 보내야 한다. 노벨 문학 분과위원회는 추천받은 후보자 명단을 검토한 뒤 심사를 관장하는 스웨덴 한림원에 보내 승인을 받는다.

최종 심사의 비밀

위에서 기술한 추가 심사를 거쳐 시상 연도의 4월에는 약 15~20명으로 후보군을 추려낸다. 노벨 문학 분과위원회는 5월에는 다시 5명의 최종 후보군을 선정한다. 그렇게 수백 명의 심사위원이 추천한 선정 절차를 거쳐 마지막 5명이 결선에 오른다.

본격적인 심사는 한림원 심사위원들이 5명의 작품을 직접 읽고 평가하는 과정에서 이루어진다. 위원들은 6월부터 8월까지 작품을 읽고 9월에 모여 대상 후보의 문학적 기여 등을 집중적으로 토론한다. 이를 토대로 10월 초 투표를 거쳐 과반의 가결로 최종 수상자를 선정한다.

수상자 선정의 문제점

노벨상의 시작점이 유럽인 관계로 관련 지역의 후보에게 유리한 결과가 나오는 편이다. 2024년까지 나온 노벨문학상 수상자 121명 중에서 무려 91명이 유럽에서 배출되었다. 91명의 수상자 중에는 2명의 복수국적자와 1명의 무국적자가 있었지만 그럼에도 압도적인 수치에 해당한다.

한편 세계적인 작가임에도 노벨문학상을 받지 못한 이들이 적지 않다. 《젊은 예술가의 초상》을 저술한 아일랜드 출신의 작가 제임스 조이스, 영화 '지옥의 묵시록'의 원작인 《암흑의 핵심》을 쓴 폴란드 태생의 조지프 콘래드, 《잃어버린 시간을 찾아서》의 저자이면서 프랑스에서 태어난 마르셀 프루스트 등이 그들이다.

스웨덴 한림원의 고민

1년이 넘는 복잡한 선정 절차에도 불구하고 노벨문학상의 '유럽 쏠림 현상'은 지금까지도 물음표로 남아 있다. 이를 의식했는지 한림원의 종신 서기인 페테르 엥룬드는 수상자 선정의 문제점을 다음과 같이 인정한다.

그는 2009년 노벨문학상 수상 직전에 "심사위원단은 유럽권에서 등장한 문학 작품에 높은 점수를 주는 경향이 있으므로 이 부분에 대한 인식과 더불어 유럽 편중 현상을 극복하도록 노력해야 한다."고 말했다.

3장

아시아의 노벨문학상

동서양의 구분짓기

프랑스의 사회학자 피에르 부르디외는 1979년 〈구분짓기〉*라는 보고서를 발표한다. 그는 한 인간의 선택과 취향이 사회자본, 경제자본, 문화자본 등으로 세분화되며 이를 토대로 계급이 형성되어 계급 간의 갈등과 반목이 만들어진다고 기술한다.

이러한 구분짓기는 다양한 사회현상에 적용된다. 예를 들어 서양과 동양, 빛과 그늘, 백인과 흑인이라는 구분짓기는 이를 선과 악의 대립구도로 변형하거나 악용하는 사례로 적용되곤 한다. 20세기 미국영화에서 아프리카인이나 유색인종을 악인으로 묘사했던 경우

---

* 본문의 표기 중 단행본, 장편소설, 소설집, 시집은 겹화살괄호(《》)로, 중단편소설, 신문, 잡지, 시 등은 홑화살괄호(〈〉)로 구분했다.

역시 마찬가지다.

라빈드라나드 타고르

아시아 최초의 노벨문학상은 1913년 인도의 시인이자 철학자인 라빈드라나드 타고르가 받는다. 1861년 인도 캘커타에서 태어난 그는 1882년 영국 런던 대학교 법학과를 중퇴하면서 유럽 문화권의 영향을 받는다.

라빈드라나드 타고르는 인도의 정신적 지주였던 간디에게 위대한 영혼이라는 의미의 마하트마라는 명칭을 지어준 인불이다. 또한 인도와 방글라데시의 국가를 작사 작곡하면서 자신의 이름을 널리 알린다.

가와바타 야스나리

세상을 유럽의 시각으로만 재단하는 구분짓기 현상은 노벨문학상도 예외가 아니었다. 때문에 인도를 제외한 아시아 출신의 작가는 1901년부터 시행한 노벨문학상이라는 무풍지대의 경계인에 지나지 않았다.

1968년에서야 일본 출신의 작가가 노벨문학상의 사정권에 들어간다. "국경의 긴 터널을 빠져나오자, 눈의 고장이었다. 밤의 밑바닥

이 하얘졌다."라는 문장으로 시작하는 《설국》의 저자 가와바타 야스나리였다.

동아시아 최초의 노벨문학상

"자연과 인간의 운명이 지닌 유한한 아름다움을 우수 어린 회화적 언어로 묘사했다."는 심사평은 이해가 간다. 하지만 "동양과 서양의 정신적 가교를 만드는 데 기여했다."는 서양 중심의 문학사관을 동양을 향해 설교를 하는 듯한 발언으로 비춰진다.

그럼에도 《설국》은 패전국 출신의 경제동물 정도로 취급받던 일본의 자존심을 치켜올려준 문화콘텐츠였다. 기승전결이라는 소설의 형식을 뛰어넘어 대자연 앞에서 유한한 존재에 지나지 않는 인간을 묘사한 부분은 사뭇 인상적이다. 그것이 시작도 끝도 없이 펼쳐지는 《설국》의 알레고리다.

오에 겐자부로

가와바타 야스나리가 쏘아 올린 노벨문학상의 배턴은 오에 겐자부로가 이어받는다. 1994년 노벨문학상의 주인공이 다시 일본 출신의 작가에게 돌아간 상황이었다. 그는 권위적인 일본사회에 대해 비판적인 시각을 취했던 인물이다.

오에 겐자부로의 대표작 《개인적인 체험》은 심미주의에 가까운 《설국》과 결을 달리하는 작품이다. 장 폴 사르트르가 추구했던 실존주의에 깊은 영향을 받은 그는 제목처럼 자신의 체험을 차갑고 어두운 문장으로 풀어낸 작가다.

리얼리즘 작가의 각오

일본 천황은 모범적으로 문화적 여정을 걸어온 시민들에게 '문화의 날'이라는 상을 수여한다. 부상으로 평생 연금 혜택이 주어지는 '문화의 날' 수상을 오에 겐자부로는 거부한다. 천황을 마치 신처럼 떠받드는 민족주의가 싫었기 때문이었다.

이 사건으로 인해 오에 겐자부로는 일본의 정치계와 문학계 양쪽에서 비난을 받아야만 했다. 그는 리얼리즘 문학을 중요시하는 작가처럼 세상의 폭력을 정면으로 응시하는 글을 추구하는 작가다.

중국어권 최초의 수상 작가

이번에는 중국 출신의 작가가 이름을 올린다. 냉전시대에 중국인민공화국이 만들어놓은 '죽의 장막'은 문학이라고 예외일 수 없었다. 1940년생인 가오싱젠 작가는 1980년대 중반에 중국 공산당 당국으로부터 반체제 인사로 지목당한다.

결국 1987년 프랑스 망명을 선택한 그는 1998년 프랑스 시민권을 받는다. 중국계 프랑스인이라는 애매한 신분으로 가오싱젠은 1992년 프랑스 정부로부터 예술 문학 훈장을 받지만 중국에서 그의 작품은 금서라는 낙인이 찍힌다. 가오싱젠의 대표작으로는 〈버스정류장〉,《영혼의 산》등이 있다.

가오싱젠의 인터뷰

그는 노벨문학상 수상 직후에 이루어진 인터뷰에서 이렇게 말한다. 예술가는 정치 권력의 압박으로부터 자신만의 행동과 관점을 유지해야 한다는 내용이다. 다음으로 소비를 미덕으로 삼는 시장의 압력으로부터 자유로워야 한다고 언급한다.

가오싱젠이 생각하는 예술가는 어떤 모습일까. 그는 예술가는 세상을 구원하지 못했다고 인터뷰한다. 위에서 언급한 정치권력과 시장의 압력 앞에서 예술가가 자신만의 행동과 관점을 유지하기 위해서는 무엇보다 내적으로 공고한 존재가 되어야 한다고 가오싱젠은 설명한다.

환영적 사실주의 작가

중화인민공화국의 국적으로 노벨문학상을 받은 유일한 인물은 바로 모옌이다. "말을 하지 않는다."라는 의미를 가진 이름의 모옌은 마술적 리얼리즘이라는 문학 장르를 개척한 가브리엘 가르시아 마르케스와는 다른 경향의 문학을 추구했다.

환영적 사실주의를 추구하는 모옌의 작품에서는 신화, 전설, 역사, 현실이라는 문학코드가 고루 등장한다. 이를 통해 소설의 경지를 실재로 끌어올리는 힘이 모옌의 작품에 고루 녹아져 있다. 그는 2012년 노벨문학상을 수상한다.

무라카미 하루키

한국을 비롯해서 세계적으로 인지도가 높은 무라카미 하루키는 차기 노벨문학상 후보로 거론되는 작가다. 무려 50년간 후보자와 심사과정 모두를 비밀에 부치는 노벨문학상의 특성을 고려할 때 무라카미 하루키가 최종심에 들었는지는 알 수 없다.

무라카미 하루키 작품의 두 가지 특징은 무국적성과 탈역사성이다. 현실과 거리두기에 능한 그의 글쓰기는 양날의 칼에 해당한다. 이는 세계 평화에 이바지하는 작품을 선정한다는 노벨상 본연의 철학과 배치되는 부분이다.

지금은 잠잠해졌지만 2017년 이전만 해도 매년 10월이 오면 한국의 문학 기자들이 향하는 장소가 있었다. 바로 시인 고은의 집이었는데 당시까지만 해도 그는 강력한 노벨문학상 후보로 거론되는 인물이었다.

그의 대표작으로는 1988년 만해문학상을 수상한 연작시집《만인보》와 영화로도 만들어진 1991년 장편소설《화엄경》등이 있다. 고은 외에 거론되었던 작가는 황석영이다. 그는 소설〈삼포 가는 길〉로 산업화에 가리워진 서민의 모습을,《오래된 정원》으로 5·18 민주화운동의 상처를 묘사했다.

4장

한강 작가 연대기

상상과 현실의 시간들

한강은 1970년 현재의 광주광역시 북구 중흥동에서 탄생한다. 그녀의 아버지는 《아제아제 바라아제》을 쓴 소설가 한승원이다. 한 승원의 인터뷰에 의하면 한강은 집에서 혼자 상상하는 시간을 즐기는 어린이었다.

초등학교 5학년 때 한강에게 충격적인 사건이 발생한다. 5·18 민주화운동의 현장을 직접 촬영한 외국 기자의 사진첩을 우연히 보게 된 것이었다. 아버지가 자신의 책상에 무심코 올려놓은 사진첩의 충격은 훗날 한강의 작품세계로 편입된다.

연세대학교 국문학과

10대 시절 한강은 서울에서 열린 백일장에 참가해서 대상을 차지한다. 참석 당일 글쓰기 주제가 나오면 즉석에서 글을 써야 하는 대회였다. 소설가인 아버지의 영향을 받아 어린 시절부터 독서와 글쓰기를 생활화한 결과였다.

풍문여자고등학교를 졸업한 한강은 원하던 연세대학교 국문학과에 입학한다. 그녀의 창작 실력은 대학 내에서도 유감없이 드러난다. 대학교에서 자체적으로 열리는 각종 글쓰기 공모제를 휩쓴 인물이 바로 한강이었다. 4학년 때에는 연세춘추가 주관하는 연세문화상에서 시 부문인 윤동주 문학상을 수상한다.

서울신문 신춘문예

1993년 한강은 〈문학과 사회〉 겨울호에 자작시 〈서울의 겨울〉을 포함한 5편의 작품을 발표한다. 〈문학과 사회〉는 문학과지성사에서 1988년 창간한 계간 문학지다. 문학과지성사는 창작과비평사와 함께 한국의 현대문학을 이끌어온 문학 전문 출판사다.

그녀는 1994년에 소설가 지망생의 등용문인 신춘문예에 도전한다. 아버지의 유명세를 의식한 한강은 자신의 본명이 아닌 '한강현'이라는 필명으로 소설을 응모한다. 작품의 제목은 〈붉은 닻〉이었다.

등단작가 한강

최종심에 오른 한강현의 소설을 심사한 인물은 서기원 소설가와 김병익 문학평론가였다. 이들은 별 다른 이견없이 〈붉은 닻〉을 신춘문예 당선작으로 결정한다. 김병익은 발표작을 확정한 후에 한강현이라는 인물이 남자인줄 알았다고 언급한다.

한강은 신춘문예 당선 소감에서 집요하게 등단을 격려해주곤 하던 오라버님, 마감 시간에 쫓겨 밤거리로 나설 때 기꺼이 동행해 주었던 막내 동생, 자신보다 놀라며 기뻐할 친구들의 얼굴이 차례로 생각난다고 밝힌다.

전업작가 한강

모든 작가의 꿈은 무엇일까. 1995년 한강은 졸업 후 다니던 도서출판 샘터사를 그만두고 자신의 꿈이었던 전업작가의 길을 택한다. 오직 글을 통해 자신의 생계를 책임진다는 것. 더 나아가 자신과 주변인의 삶을 챙기는 전업작가 한강이라는 새로운 호칭이 생긴다.

한강의 첫 소설집은 1995년에 등장한 《여수의 사랑》이다. 작품 발표 후 한강은 여수를 배경으로 한 다큐 방송에 출연한다. 이후 1998년에는 《검은 사슴》으로 연연문학상 스토리텔링 부문을 수상하며, 1999년에는 중편소설 〈아기 부처〉로 제25회 한국소설상을,

2000년에는 문화부에서 지정하는 오늘의 젊은 작가상을 받는다.

이상문학상의 인연

2005년에는 문학사상사가 주관하는 제29회 이상문학상 수상작가로 우뚝 선다. 소설 〈몽고반점〉으로 한강은 차세대 작가로 이름을 알린다. 한강의 아버지 한승원은 1988년 〈해변의 길손〉으로 제12회 이상문학상을 받은 작가였다.

한강과 한승원은 국내 최초로 이상문학상을 수상한 부녀작가로 알려진다. 한강은 1998년 한국문화예술위원회의 지원을 받아 3개월간 미국 아이오와 대학교 국제 작문 프로그램에 참여한다.

중견작가 한강

2005년 이후 한강은 중견작가의 대열에 합류한다. 30대 중빈이라는 비교적 이른 나이에 거둔 영예였다. 이번에는 후학을 양성하는 일에 매진한다. 그녀는 2008년부터 2018년까지 서울예술대학교 문예창작과의 전임교수로 활동한다.

한강은 2010년 《바람이 분다, 가라》로 경주시가 주최하는 제13회 동리·목월문학상을 수상한다. 2014년 《소년이 온다》로 만해문학상을, 2015년에는 〈눈 한 송이가 녹는 동안〉으로 황순원 문학상의 주인공이 된다.

맨 부커 국제상

2016년에 한국문학계를 뒤흔드는 희소식이 들려온다. 영국의 맨 부커 국제상이 한강의 품에 안긴 사건이었다. 선정작은 〈채식주의자〉였다.

부커상은 최초 영국, 아일랜드. 짐바브웨 출신 작가를 대상으로 했지만 2005년 맨 부커 국제상을 추가로 제정한다. 2013년부터는 영국에서 출간한 모든 영어소설을 심사대상으로 확대한다. 노벨문학상, 콩쿠르상과 함께 세계 3대 문학상인 맨 부커 국제상은 영어권 출판업자들의 추천을 받은 소설을 후보작으로 하여 평론가, 소설가, 학자로 구성한 심사위원회에서 최종 작품을 선정한다.

데보라 스미스

맨 부커 국제상 수상으로 한강은 이제 한국을 너머 세계적인 작가의 반열에 오른다. 이 작품에는 데보라 스미스라는 열정 넘치는 번역가의 역할도 무시할 수 없었다. 영국 케임브리지 대학교 영문과를 졸업한 그녀는 한국문화에 빠져든다.

2010년 런던 대학교 한국학 석사 과정에 입학한 데보라 스미스는 5년 후인 2015년에 같은 대학에서 한국학으로 박사학위를 받는다. 2012년 당시 영국의 출판사와 함께 번역 작업에 착수했던 작품이 바로 〈채식주의자〉였다.

부커상과 한강의 인연

부커상 명칭의 유래는 다음과 같다. 식품 도매를 주업종으로 하는 부커 그룹이 이 상을 후원한다는 의미에서 이름이 붙여졌다. 이후 맨 그룹의 후원을 받아 맨 부커상으로 불리기도 했는데, 한강 작가가 수상한 기간이 맨 그룹의 후원을 받던 기간이다. 이후 맨 그룹이 빠지면서 다시 부커상으로 이름을 변경한다.

한강은 다시 맨 부커상 후보로 지명받는다. 2018년엔 소설 《흰》으로 맨 부커상 최종 후보에 오른 것이다. 하지만 폴란드 작가 올가 토카르추크의 《방랑자들》에 밀려 2회 수상이라는 대기록을 세우지는 못한다.

이어지는 수상 행렬

한강 작가의 수상 행렬은 쉬지 않고 이어진다. 2017년에는 《소년이 온다》로 이탈리아 말라파르테 문학상을, 2018년에는 〈채식주의자〉로 스페인 산클라멘테 문학상과 함께 〈작별〉로 김유정 문학상을 받는다. 2019년에는 인촌상 언론 문화 부문을 수상한다.

이후 2022년에는 제2회 용아문화 대상을, 《작별하지 않는다》로 2022년 제13회 김만중 문학상 소설 부문 대상을 받는다. 2023년에는 《작별하지 않는다》로 프랑스 메디치 외국문학상을 수상한다.

한국 작가의 부커상 도전기

한강의 수상 이후로 부커상은 한국 출신의 작가에게 관심을 집중한다. 2022년에는 《대도시의 사랑법》의 박상영 작가와 《저주토끼》를 쓴 정보라 작가가 동시에 후보로 지명받는다. 결국 정보라의 《저주토끼》가 최종 후보까지 올랐으나 아쉽게도 수상에는 실패한다.

이후에도 한국 작가의 부커상 도전은 계속된다. 2023년에는 천명관의 《고래》가, 2024년에는 황석영의 《철도원 삼대》가 차례로 최종 후보로 직진하지만 수상의 영광은 누리지는 못한다. 부커상 수상의 기회는 지금도 한국 작가에게 열려 있다.

5장

2024년 한강의 기적

10월 10일 저녁

필자의 페이스북과 인스타에 놀라운 글이 올라왔다. "한강 노벨문학상 수상"이라는 내용이었다. 한강이 노벨문학상 후보군에 들었다는 소문 정도는 며칠 전에 접한 상황이었다. 당시 최종심 대상 여부에 관한 뉴스 기사는 없었다.

바로 속보를 검색해보니 관련 정보가 사실로 확인되었다. SNS에는 한강 작가를 외치는 글이 이어지고 있었다. 2024년 10월 10일은 노벨문학상의 불모지였던 한국에 시원한 저녁 강바람이 부는 날이었다. 이미 한강은 2024년에 《작별하지 않는다》로 에밀 기메 아시아 문학상을 받은 상황이었다.

노벨문학상 심사평

심사를 주관했던 스웨덴 한림원의 심사평은 다음과 같았다. "한강의 모든 작품에서 역사적 트라우마와 보이지 않는 규범들을 정면으로 마주하며, 각각의 작품에서 인간 삶의 연약함을 드러낸다. 육체와 영혼, 산 자와 죽은 자의 연결에 대한 독특한 인식을 지니고 있으며, 시적이고 실험적인 문체로 현대 산문의 혁신가로 자리매김했다."라는 평가로 한강의 작품세계를 응축하여 표현한다.

이는 한국 현대사의 비극을 다룬 《소년이 온다》와 《작별하지 않는다》를 동시에 언급하는 듯한 심사평이있다. 후보 작가의 모든 작품을 심사대상으로 하는 한림원의 기준을 고려할 때 해당 소설이 영향을 끼치지 않았을까 싶다.

젊은 작가 한강

노벨문학상 수상자의 평균 연령대는 60세가 훌쩍 넘는다. 평생직업에 가까운 작가라는 특성을 고려하여 가급적이면 많은 작품을 양산한 연령층의 작가를 후보군에 올리기 때문이다. 그렇기에 한강은 21세기 최연소 노벨문학상 수상 작가라는 호칭이 추가되었다.

한강은 2023년 방송에서 작가의 전성기는 50대로 보인다고 말한다. 앞으로 남은 전성기가 6년 정도이기에 최선을 다해 좋은 작품을 쓰겠다는 의지도 함께 내비친다. 그녀는 2025년 상반기에 신작 소설을 발표할 예정이라고 말한다.

한강의 경쟁자들

매년 노벨상 시즌이 오면 최종 수상자를 둘러싼 관측이 들려온다. 2024년에도 온라인 베팅사이트 등에서 호주 소설가 제럴드 머네인, 중국 작가 찬쉐, 카리브해 영연방 국가 출신 자메이카 작가 킨케이드, 캐나다 시인 앤 카슨, 일본 소설가 무라카미 하루키 등이 노벨문학상 후보로 거론되었다.

한강 수상자는 2024년 12월에 열리는 시상식 이후 6개월 내로 수상 업적에 관한 강연을 할 의무가 있다. 강연 내용의 저작권은 모두 노벨 재단에 귀속된다. 어떤 강의 내용으로 한강의 작품을 응원하는 독자의 마음을 위로해줄시 귀추가 주목된다.

베일에 싸인 노벨상

노벨상의 심사 기준은 무려 50년간 비밀에 부쳐진다. 노벨위원회는 홈페이지에 구체적인 선정 기준을 공개하지 않고 있다. 다만 자격 있는 심사위원의 추천이 필요하며 자가 추천은 안 된다는 최소한의 원칙만을 밝히고 있다.

노벨위원회는 "노벨 재단의 규정에 따라 후보자에 대한 정보는 공적으로든, 사적으로든 50년간 공개하지 말도록 제한한다"고 정의했다. 이 제한 규정은 후보자, 후보 추천자, 수상과 관련한 심사자 및 의견자 모두에 해당한다고 설명하고 있다.

종이책의 소박한 귀환

대한민국 문학계를 뒤흔들어 놓은 한강의 노벨문학상 수상은 "한강책 읽기" 돌풍으로 이어진다. 발표 다음 날 아침부터 대형서점에 방문한 다양한 연령층의 독자는 이미 품절이 된 한강의 도서를 구하지 못하고 발걸음을 돌려야만 했다.

한강의 도서를 구하려는 열기는 불과 2주 만에 150만 부에 달하는 판매실적으로 확인되었다. 노벨문학상 심사평의 영향이었을까. 2024년 11월 18일 기준으로 인터넷 서점 예스24를 검색해보면《소년이 온다》가 가장 높은 판매고를 기록하고 있다.

10억이라는 선인세

2009년의 사건이었다. 당시 일본 인기 작가의 번역서를 내려는 한국 출판사 간의 경쟁이 치열하다는 소문이 무성했다. 이후 경쟁에서 이긴 출판사가 지불한 선인세가 무려 15억 원에 달했다는 뉴스가 등장했다. 사실 여부를 떠나서 이는 당시 한국 작가로는 상상하기 어려운 천문학적인 선인세였다.

그로부터 16년 만에 한국 출신의 작가들에게도 기회가 왔다. 전도유망한 한국 작가의 번역서를 내기 위해 억대의 선인세를 제시하는 해외 출판사들이 등장했기 때문이다.

제2의 한강을 기다리며

한강은 50대 중반의 현역작가로서 황금기를 구가하고 있다. 이제는 한강의 손끝을 오매불망 기다리는 독자군이 세계적으로 형성되어 있다. 앞으로 한강의 글과 목소리와 실천은 한국문학의 견고한 역사로 남을 것이다.

주사위는 던져졌다. 문학이라는 거대한 산맥 뒤에는 제2의 한강을 목표로 하는 한국 작가들이 포진하고 있다. 늦었지만 문화 콘텐츠의 한 페이지를 차지하는 한국문학이 세상을 향해 웅비할 기회가 도래했다. 동료 작가들의 활약을 기원해본다.

6장

한강 작가 인터뷰

2014년 〈위클리 서울〉

당시 한강은 《소년이 온다》를 출간한 상황이었다. 신간 소설에서 5·18 민주화운동을 다룬 배경을 묻는 질문에 대해 한강은 체르노빌의 피폭이 그 당시의 일로 한정되는 것이 아니라 지금까지 수십 년 동안 이어오는 것처럼 대한민국 광주도 아직 끝나지 않았다고 생각한다고 말한다.

또한 가까이 용산참사에서 그랬던 것처럼 보통명사로서의 광주는 계속해서 얼굴을 바꿔 우리에게 돌아오고 있기에 더 끈질기게 애도해야 한다고 생각하며 어떤 당위로서가 아니라 이것을 어떻게 잊을 수 있는가, 잊을래야 잊을 수 없는 일 아닌가, 라는 질문을 되묻는 것이 맞는 방식이라고 느낀다고 인터뷰한다.

2017년 〈더 가디언〉

14세 때 작가가 되기로 결심한 이유를 묻는 기자의 질문에 한강은 당시 근본적인 질문에 대한 해답을 찾고 있었으며, 책을 읽으면서 저자들도 해답을 찾고 있지만 결론은 내리지 못한다는 것을 알게 되어서 자신이 작가를 못 할 것도 없다는 생각이 들었다고 말한다.

맨 부커 국제상을 탄 이후 삶의 변화를 묻는 질문에는 수상 전에 비해 더 많은 독자들과 만나게 된 것은 기쁜 일이었지만 서너 달이 지나면서 자신의 사생활을 회복했으면 좋겠다는 생각을 하게 되었으며 많은 관심을 받는다는 것은 좋은 작가가 되는 데 늘 도움이 되지는 않는다고 인터뷰한다.

2019년 '서울 국제도서전'

당시 한강은 미래의 책에 대해서 이렇게 정의한다. 나중에는 책을 사랑하는 취향이라는 게 특별한 것이 되어서 우리가 어떤 연대의식을 갖고 공유할 수 있는 무엇이 될 수 있지 않을까 생각도 들고, 이런 것들이 이미 책이라는 매체에 대한 그리움과 필요함 속에서 돌아가고 있다고 말한다.

그녀는 증강현실의 시대가 온다고 하는데 아무리 증강현실을 경험한다 해도 정말 누군가의 생각과 감정 속으로 들어갈 순 없으며 정말 누군가 영혼 속으로 들어가는 건 할 수 없는데 가상현실이나 증강현실이 결국 책 속에 있다고 생각하며 어떤 인간의 내면 끝까지 들어가 볼 수 있는 매체가 문학작품을 포함한 책이라고 인터뷰한다.

2022년 〈여성신문〉

한강에게 인간이란 어떤 존재일까. 그녀는 어릴 적 자신에게 인간이란 거대한 수수께끼였다고 말한다. 19세기 말 백인에 의한 미국 인디언 멸망사를 다룬 《나를 운디드니에 묻어주오》를 읽으며 인간은 무섭다, 자신도 인간인데 어떻게 받아들여야 하나, 라는 근원적인 공포와 의문이 생겼다고 말한다.

소설 《작별하지 않는다》의 역사적 배경인 제주 4·3 사건을 직접 겪지는 않았지만 20대 때 제주도에서 잠시 셋방살이를 하며 알게 된 할머니가 어느 날 담벼락을 가리키며 "여기서 사람들이 4·3 때 총 맞아 죽었다."고 말했을 때 한강은 사건의 심각성을 통감했다고 인터뷰한다.

2024년 '노벨상 위원회'

"노벨문학상 선정 소식은 어떻게 알았는가."라는 질문에 한강은 누군가 자신에게 전화를 걸어 이 소식을 전해줬으며 정말 놀랐다고 말한다. 방금 아들과 저녁을 먹었는데 한국은 저녁 여덟 시 반이고 매우 평화로운 시간이라고 답한다.

영감의 원천을 준 작가를 궁금해하는 질문에는 어렸을 때부터 많은 작가들에게 영향을 받았고 해당 작품에서 인생의 의미를 찾고, 때로는 길을 잃기도 하고, 때로는 단호하기도 했으며, 그들의 모든 노력과 모든 강점이 자신의 영감이 되었다고 인터뷰한다.

2부

한국의 현대문학

1장

작가 한승원

소설가의 꿈

한승원은 1939년 전라남도 장흥군 대덕면 신상리 신덕마을에서 태어난다. 자신의 고향에서 중학교와 고등학교를 졸업한 그는 가족의 생계를 책임지기 위해 3년간 김 양식과 농사일에 전념한다.

그는 평소 시를 좋아하던 할아버지로부터 문학적인 영감과 정서를 물려받는다. 이후 한승원의 인생에 영향을 준 인물은 전남대 국문학과를 다니던 탈영병 친구였다. 한승원은 친구의 권유로 서라벌 예술대학교에 진학한다.

서라벌 예술대학교

당시 서라벌 예술대학교에는 한국을 대표하는 작가들이 두루 활동하고 있었다. 한승원은 서정주 교수한테 시 창작을, 박목월 교수한테 문장론을, 김동리 교수로부터 소설창작론과 실기를 배운다.

이후 군에 입대한 한승원은 전우지에 시를 발표하면서 원고료를 받는다. 당시 한국일보와 서울신문 신춘문예에 응모하여 최종심까지 오르지만 당선은 되지 못한다. 그는 공부가 덜 된 상태에서 당선되었다면 오늘의 자신은 없었다고 회고한다.

광주에서의 작가생활

제대 이후 한승원은 광주에서 글을 쓰면서 소설 문학 동인회를 만든다. 그에게 글쓰기란 자신과 가족의 생활비를 보탤 수 있는 소중하면서도 절실한 행위였다. 1980년 1월, 한승원은 한강을 포함한 가족과 함께 서울로 이사한다.

1979년 당시 한승원은 광주의 중학교 선생으로 일하고 있었다. 본격적인 소설가의 삶을 시작한 그는 1996년까지 서울에서 작가로 생활한다. 당시 건강의 악화로 한승원은 세 번씩이나 가족에게 유서를 남기기도 한다.

장흥에서의 작가생활

한승원은 1997년 다시 자신의 고향으로 돌아간다. 그는 당시부터 오히려 원고 청탁이 늘어난 이유를 장흥이라는 지역에 대한 프리미엄이었다고 설명한다. 남해 바다가 지적인 장흥이라는 공간은 작가에게 문학의 원천이나 다름없었다.

20대 시절 한승원은 삶과 역사의 현장으로서의 바다를 묘사한다. 이러한 시각은 점점 다른 형태로 변해간다. 60대 이후부터 그에게 바다는 신화이자 화엄의 대상으로 점점 확장된다. 한승원은 "살아 있는 한 글을 쓰고, 글을 쓰는 한 살아 있을 것이다."라는 자신의 말이 곧 작가의 생명력이라고 인터뷰한다.

한승원 작가가 보는 한강

배우 강수연 주연의 영화로도 만들어진 《아제아제 바라아제》는 한승원 작가의 대표작이다. 불교에 관한 소설을 다루곤 했던 그와 달리, 한강은 주로 개인과 역사에 관한 글을 추구한다. 한승원은 한강을 노력을 멈추지 않는 작가라고 평한다.

그는 한강의 습작에 관여하지 않았던 인물이다. 혹시라도 한강의 글이 자신의 영향권에 들어오는 상황을 피하기 위해서였다. 그렇기에 한강은 늘 자신의 습작 전체에 대해서 아버지한테 언급하는 일이 없었다. 한승원은 한강이 자신과 달리 한 문장 한 문장 깨끗하게 정리해 나가는 습관이 있다고 말한다.

◆ 2장 ◆

1960년대 문학

최인훈 《광장》

전후 세대 작가의 선봉장인 최인훈은 1945년부터 1950년까지 북한에 거주했던 인물이다. 1950년 6월에 전쟁이 발발하자 그는 원산에서 전차상륙함을 타고 북한을 탈출하여 서울대 법학과에 입학하나 중퇴 후 통역장교로 복무한다. 남과 북의 문화를 고루 접한 그였기에 가치중립적인 시각을 《광장》을 통해 드러낸다.

언급한 이력과 1960년에 터진 4·19 혁명을 바탕으로 소설 《광장》이 완성된다. 주인공 이명준은 남과 북의 이데올로기 사이에서 방황하는 회색인의 모습으로 묘사된다. 지식인 문학의 대명사로 알려진 최인훈의 《광장》은 분단문학의 최고봉에 속하는 작품이다. 그는 이후 작가적 사유로 가득한 장편소설 《화두》를 출간한다.

김승옥 〈무진기행〉

　1964년에 등장한 〈무진기행〉은 1960년대 한국의 중산층 문학에 해당한다. 가장 우울했던 시기에 자기 열패감에 빠져 완성한 〈무진기행〉은 문학지망생의 고전과도 같은 소설로 남았다. 제약회사 상무로 나오는 주인공은 도시화와 산업화가 시작되던 1960년대 초반에 등장한 기업형 인간으로 분류된다.

　근대적 개인이 화자로 등장하는 〈무진기행〉은 무력한 서사로 마무리되는 한계가 드러난다. 하지만 무진이라는 동네를 이승과 저승 사이를 오가는 듯한 공간으로 묘사한 대목은 감동적이다. 이는 왜 〈무진기행〉이 지금까지 사랑받는 단편소설인지를 보여주는 문학적 증거에 해당한다. 이후 김승옥은 1977년에 발표한 〈서울의 달빛 0장〉으로 제1회 이상문학상을 수상한다.

3장

1970년대 문학

황석영 〈삼포 가는 길〉

1973년에 등장한 〈삼포 가는 길〉은 노동문학인 〈객지〉의 후속작이다. 소설의 가상공간인 삼포는 물고기를 잡아 연명하는 작은 어촌이다. 이곳에 관광호텔이 건설되면서 등장인물은 삶의 터전을 잃어버린다. 이러한 설정은 고등학교 중퇴 이후 전국을 배회하다 해병대에 입대한 후 베트남전에 참전했던 작가의 이력이 영향을 끼친다.

산업화의 물결 속에 방치된 인간상을 묘사한 〈삼포 가는 길〉의 문체는 황석영 문학의 정점에 가깝다. 밑바닥 인생의 정서를 소설로 풀어낸 작가의 능력은 지난한 현실 체험의 결과지로 부족함이 없다. 하지만 이를 기점으로 본격적인 노동문학의 중심부로 진입하지 않고 《장길산》이라는 역사문학으로 우회한 부분은 아쉬움으로 남는다.

최인호 〈타인의 방〉

1967년 조선일보 신춘문예에 〈견습환자〉가 당선되면서 등단한 최인호는 초기 작품과 후반기 작품의 성향이 극명하게 엇갈리는 작가다. 표현의 자유가 허용되지 않던 시대였기에 그의 소설 역시 소재의 한계에 봉착한다. 결국 글쓰기의 선택지는 산업화에 따른 개인 소외에 머무를 수밖에 없었다.

1971년에 발표한 〈타인의 방〉은 최인호 초기 문학세계를 대표하는 작품이다. 아파트라는 획일적인 공간에서 자신의 집을 잃어버린 주인공은 대도시의 척박한 삶을 버텨내는 현대인의 우울한 초상이다. 작가는 자신의 방을 찾지 못하는 등장인물을 통해 개발도상국이라는 성장일변도의 사회에서 살아남아야 하는 소시민의 일상을 파헤친다.

이청준 《당신들의 천국》

1974년부터 1975년까지 〈신동아〉에 연재했던 《당신들의 천국》은 이청준 문학을 대표하는 작품이다. 1970년대는 국가 주도에 의한 근대화의 물결이 밀려왔던 시기다. 여기서 개발독재냐, 경제성장이냐, 라는 해묵은 비판보다 《당신들의 천국》이 암시하는 권력의 민낯에 집중해볼 필요가 있다.

소설에 등장하는 섬 소록도에는 나병 환자들이 거주한다. 이곳에 전직 군의관을 역임했던 조백헌 대령이 권총을 차고 등장한다. 1970년대 당시의 정치적인 이슈를 문학에 담을 수 없었음은 명약관화다. 자신의 속내를 쉬이 내비치지 않는 이청준의 성향을 감안할 때 후반부에 나오는 주례사를 가장한 조백헌의 일장연설은 소설의 제목과 잘 어울리는 배치다.

박상륭 《죽음의 한 연구》

관념소설의 대가인 박상륭은 1975년 《죽음의 한 연구》라는 작품을 선보인다. 그는 1969년 캐나다 이민자의 신분으로 병원 시체실 청소부와 종교서적을 판매하는 서점주로 생활한다. 당시에 읽었던 《사서삼경》, 《구약성서》, 《팔만대장경》 번역본은 난수표 같은 피안의 세계를 묘사하는 자신의 문학세계에 결정적인 영향을 끼친다.

서사와 묘사라는 소설의 기법 자체를 거부하는 박상륭식 글쓰기는 죽음이라는 화두를 장편소설에 투입한다. 《죽음의 한 연구》는 문학평론가 김현이 《무정》 이후에 등장한 최고의 소설이라고 추천한다. 박상륭은 2017년 세상을 떠나면서 자신의 남은 작품을 공개하지 말아달라는 유언을 남긴다.

조세희 《난장이가 쏘아 올린 작은 공》

일명 《난쏘공》이라 불리는 조세희의 소설은 1976년에 등장한다. 저자는 햄릿을 읽고 모차르트의 음악을 들으면서 눈물을 흘리는 상류층의 허술한 공감능력을 비판하면서 서사를 끌고 나간다. 소설에 등장하는 아버지는 난장이로 묘사된다. 그는 아무리 열심히 일해도 착한 사람이 살아갈 수 없는 세상에 절망한다.

아버지의 마지막 선택지는 현실에 존재하지 않는 달나라였다. 그는 달나라로 향하기 위해 굴뚝에 올랐다가 추락사한다. 조세희 작가는 2009년 용산 참사 현장을 방문해 자신이 소설을 쓴 30년 전과 달라진 게 없다고 개탄한다. 《난쏘공》의 출현을 기점으로 한국의 노동문학은 1980년대까지 전성기를 누린다.

김성동 《만다라》

"풀리지 않는 화두"라는 소설의 주제가 첫 문장에서부터 등장하는 《만다라》는 1979년에 등장한 소설이다. 주인공 법운은 진정한 구도를 성취하겠다는 일념으로 출가한다. 전국을 떠돌면서 깨우침을 얻으려는 법운은 우연히 방문한 벽운사에서 음주를 즐기는 파계

승 지산을 만난다.

불교문학의 대표작인《만다라》와 함께 주목받았던 종교문학은 이문열의《사람의 아들》이었다. 언급한 소설의 공통점은 자신의 젊음을 내던지고도 깨우침의 경지에 오르지 못하는 등장인물에 있다. 김성동의 역작《만다라》는 배우 안성기와 전무송이 등장하는 동명의 영화로도 만들어진다.

4장

1980년대 문학

이문열 《젊은 날의 초상》

1981년에 등장한 《젊은 날의 초상》은 총 3부로 구성되어 있다. 이문열의 자전소설인 《젊은 날의 초상》은 1부 〈하구〉에서 고등학교를 졸업한 후 어른도 아이도 아니었던 무력한 작가 자신의 과거가 등장한다. 2부 〈우리 기쁜 젊은 날〉에서는 책과 지식의 굴레에서 맴도는 대학생의 지적 방황을 그려낸다.

3부 〈그해 겨울〉의 시대적 배경은 1970년대 초반으로 보인다. 자신을 버린 세상에 복수하려다 결국에는 화해를 택하는 등장인물을 응시하는 주인공은 이문열의 또 다른 모습이다. 독자의 지적 호기심을 충족시켜주는 교양소설로 분류되는 《젊은 날의 초상》 이후 계속된 이문열 열풍은 《삼국지》라는 베스트셀러로 이어진다.

이외수 《칼》

1972년 강원일보 신춘문예에 단편소설 〈견습 어린이들〉로 등단한 이외수는 한국문단과 거리두기를 했던 아웃사이더 작가다. 그는 초기작 《꿈꾸는 식물》에서 장미촌이라는 사창가를 배경으로 펼쳐지는 인간군상을 생생하게 그려낸다. 1982년에 등장한 《칼》에서는 직장에서 권고사직을 당한 무기력한 인물이 등장한다.

이외수의 소설은 1992년 《벽오금학도》를 기점으로 달라진다. 1980년대까지의 작품에서 부조리한 세상에서 허우적거리는 인간을 등장시켰다면 1990년대 이후의 작품에서는 주로 세상과 화해하거나 세상을 변화시키는 인물이 나타난다. 그는 2006년 강원도 화천군에 만들어진 감성마을의 촌장으로 활동했다.

조정래 《태백산맥》

1983년부터 월간지 〈현대문학〉에 연재를 시작한 《태백산맥》은 조정래의 문학인생에서 가장 먼저 언급되는 작품이다. 한국전쟁을 배경으로 펼쳐지는 역사소설 《태백산맥》에는 무려 250명에 달하는 인물이 나온다. 문학 검열이 극에 달했던 1970년대였다면 나오기 힘든 장편소설이 바로 《태백산맥》이다.

1989년에 연재를 마친 《태백산맥》을 읽으려는 독서 열풍에 자신감을 얻는 작가는 이후 《아리랑》,《한강》에 이르는 역사소설 3부작을 완성한다. 김훈 문학평론가는 "《태백산맥》에서 역사를 가동시키는 이데올로기의 힘을 읽는다."라고 평한다. 조정래는 민족의 끊겨진 등뼈를 다시 잇는다는 심정으로 제목을 지었다고 전한다. 소설에서 실제 태백산맥은 등장하지 않는다.

강석경 〈숲속의 방〉

본명이 강성애인 작가 강석경은 1974년 〈문학사상〉 제1회 신인상으로 문단에 이름을 올린다. 1983년에 발표한 그녀의 초기작 〈밤과 요람〉에서는 예술과 현실 사이에서 고민하는 인물이 등장하는데 이러한 소설적 경향은 1986년작 《일하는 예술가들》과 1989년작 《가까운 골짜기》에서도 변함없이 드러난다.

1985년 민음사 오늘의 작가상과 녹원문화상을 받은 〈숲속의 방〉은 소양이라는 중산층 집안에서 성장한 대학생의 방황을 통해 가족과 세대 간의 갈등을 섬세한 필체로 그려낸 작품이다. 소양의 부모와 자매는 결국 주인공의 혼란을 해결해주지 못하는 주변인으로 그려진다. 이후 강석경은 예술을 전공한 자신의 체험을 바탕으로 한 에세이와 소설 집필에 몰두한다.

양귀자 《원미동 사람들》

1986년에 나온 《원미동 사람들》은 모두 11편으로 이루어진 연작 소설이다. 〈멀고 아름다운 동네〉, 〈불씨〉, 〈마지막 땅〉, 〈원미동 시인〉, 〈한 마리의 나그네 쥐〉, 〈비 오는 날이면 가리봉동에 가야 한다〉, 〈방울새〉, 〈찻집 여자〉, 〈일용할 양식〉, 〈지하 생활자〉, 〈한계령〉이라는 11개의 제목은 모두 《원미동 사람들》의 부분집합에 해당한다.

양귀자는 원미동이라는 공간에서 일어나는 소소한 이야기를 중심으로 1980년대를 살아가는 수도권 서민의 삶 속으로 파고든다. 《원미동 사람들》로 1980년대 한국문학의 거점을 마련한 그녀는 후속작인 《지구를 색칠하는 페인트공》과 배우 최진실 주연의 영화로도 만들어진 《나는 소망한다. 내게 금지된 것을》 등을 발표하면서 1990년대를 대표하는 작가로 활약한다.

1990년대 문학

5장

장정일 《너에게 나를 보낸다》

격변의 1980년대가 물러나자 대중문화의 시대가 몰려온다. 민주화라는 대과제가 후선으로 사라지자 문학의 흐름은 거대 서사에서 개인 서사로 이동한다. 그제서야 개인의 일상을 중시하는 시대가 도래한 것이다. 여기에 문민정부의 출범이 가세하여 한국문학의 새로운 지평을 열어젖힌다.

1962년생 작가인 장정일의 출현은 이러한 문학조류에 어울리는 사건이었다. 1988년 시집 《햄버거에 대한 명상》으로 최연소 김수영 문학상을 받은 그는 1992년작 《너에게 나를 보낸다》에서 가변적인 인간의 삶을 보여준다. 한편 1997년에는 《내게 거짓말을 해봐》로 필화 사건에 휘말린다.

공지영 《무소의 뿔처럼 혼자서 가라》

1993년에 나온 《무소의 뿔처럼 혼자서 가라》는 최초의 불경인 《숫타니파타》에 나오는 구절이다. 여기서 무소는 코뿔소를 의미한다. 공지영은 대학동창인 3명의 여성을 소설에 등장시킨다. 강한 의지와 낙관으로 자신들의 미래를 개척하려던 이들은 결혼과 동시에 크고 작은 절망과 대면한다.

《무소의 뿔처럼 혼자서 가라》는 본격적인 한국 페미니즘 문학의 출발을 알리는 작품이다. 이후에도 공지영은 사회적 발언이나 작품을 통해 페미니즘의 가치와 의미를 옹호한다. 본 작품과 함께 2005년 출간한 《우리들의 행복한 시간》은 영화로도 만들어진다. 그녀는 2020년부터 경상남도 하동군에서 생활하고 있다.

윤대녕 《은어낚시통신》

자신을 미학주의자이자 섭리주의자라고 말했던 윤대녕은 1990년에 〈어머니의 숲〉과 〈사막에서〉로 〈문학사상〉 신인상을 받는다. 그를 1990년대를 이끌어 갈 작가로 만들어준 작품이 1994년작 《은어낚시통신》이다. '은어낚시'라는 단어와 당시 유행했던 천리안과 하이텔 PC'통신'을 결합한 어감은 지금 시점에서 보아도 신선하다.

윤대녕의 소설에서는 무라카미 류가 추구했던 다양한 문화콘텐츠가 등장한다. 여기에 만남과 사라짐과 헤어짐을 반복하는 등장인물이 골격을 이룬다. 견고한 환상의 세계와 현대인의 일상을 결합한 윤대녕식 서사는 2000년대 작품에서도 변함없이 이어진다. 그는 1996년 〈천지간〉이라는 작품으로 제20회 이상문학상을 수상한다.

신경숙 《외딴방》

1995년에 나온 《외딴방》은 서울 구로공단의 동남전기 주식회사에서 일했던 기억과 상처에 관한 신경숙의 자전소설이다. 10대 후반의 주인공은 낮에는 구로공단의 전기 제품 업체에서 일하며 저녁에는 산업체 특별학급에서 공부하는 인물이다. 동료이자 선배의 죽음은 주인공의 위태로운 삶에 거대한 반향을 일으킨다.

《외딴방》은 조세희 작가의 뒤를 잇는 노동문학인 동시에 주인공의 내밀한 삶을 묘사한 리얼리즘 작품이다. 2007년에는 《리진》이라는 궁중 무희를 소재로 한 소설을 완성하면서 역사의식의 부재라는 비판으로부터 우회한다. 2008년 신경숙은 또 다른 자전소설인 《엄마를 부탁해》를 출간하면서 건재를 과시한다.

김영하 《나는 나를 파괴할 권리가 있다》

연세대학교 경영학과를 졸업한 그는 X세대를 대표하는 작가로 이름을 알린다. 1965년부터 1980년 사이에 태어난 사람을 의미하는 X세대는 냉소적이면서도 불만을 자유롭게 표출하는 성향을 보여준다. 소설 《나는 나를 파괴할 권리가 있다》에 등장하는 감각적인 대사 역시 그러하다. 이후 《빛의 제국》, 《퀴즈쇼》, 《살인자의 기억법》에 이르는 소설을 발표한다.

간결하고 직관적인 김영하 특유의 필체는 지금까지도 많은 독자군을 거느리고 있다. 여기에 스릴러에서 공상과학에 이르는 다양한 소재를 다루고 있어 하나의 소재에 몰두하는 동시대 작가와는 결을 달리하는 편이다. 2024년에는 유료 구독 레터 서비스인 '영하의 날씨'를 연재했다.

6장

2000년대 이후 문학

김훈 《칼의 노래》

1973년 한국일보에 입사하여 사회부 기자로 활동했던 김훈은 이후에도 국민일보, 한겨레, 시사저널의 기자로 활동한다. 마감시간에 쫓기며 작성했던 다양한 보도자료는 이후 펼쳐지는 작가 생활에 커다란 힘이 되어준다. 그는 1995년 《빗살무늬토기의 추억》으로 소설가 세계에 진입한다.

김훈의 초기작에서는 장문을 곁들인 어려운 문장의 비중이 높다. 하지만 20세기 이후에는 속도감 넘치는 단문과 결기가 흐르는 표현으로 김훈 스타일의 문학을 개척한다.《칼의 노래》에서 보여준 힘있는 필체와 대사만으로 이순신의 고뇌를 표현한 부분은 독자로부터 한국문학의 정수라는 극찬을 받는다.

천명관 《고래》

2004년에 열린 제10회 문학동네 수상작은 천명관의 《고래》였다. 간결한 제목에 끌려 책을 펴는 순간 상상을 초월하고도 남을 만한 서사에 넋을 잃었다. 박민규에 이어 천명관이라는 걸출한 작가의 출현이었다. 마지막 페이지를 넘기는 순간 소설의 형식 자체를 파괴해버린 천명관이라는 세 글자를 마음 속에 새겼다.

1964년생인 천명관은 〈프랭크와 나〉로 2003년 문학동네 신인상을 차지한다. 이후 준비한 작품이 《고래》였다. 충무로에서 시나리오 작가로 일했던 경력을 바탕으로 완성한 《고래》는 가상의 세계에 등장하는 인간군상들의 삶이 밀도 있게 펼쳐진다. 책 앞부분에서 언급한 것처럼 《고래》는 2023년 부커상 최종심에 오른다.

박민규 〈누런 강, 배 한 척〉

소설 제목처럼 박민규는 한국문학의 슈퍼스타였다. 20세기 문학의 무게감과 21세기 문학의 상상력을 자유자재로 구사한다는 평을 받았던 그는 2003년 장편소설 《지구영웅전설》로 2003년 문학동네 신인작가상을, 같은 해 《삼미 슈퍼스타즈의 마지막 팬클럽》으로 제8회 한겨레문학상을 수상한다.

2007년에는 퇴직 가장의 외로운 생을 묘사한 〈누런 강, 배 한 척〉

으로 제8회 이효석 문학상을 수상한다. 블랙 코미디에 가까운 이전 작품들에 비해 정공법을 택한 〈누런 강, 배 한 척〉에서 박민규는 생의 소중함과 하찮음이라는 2개의 과제를 독자에게 던져본다. 그는 2010년 〈아침의 문〉으로 제34회 이상문학상을 수상한다.

김언수 《설계자들》

2003년 동아일보 신춘문예에 중편소설 〈프라이데이와 결별하다〉로 등단한 김언수는 2006년 첫 장편소설 《캐비닛》으로 제12회 문학동네 소설상을 수상한다. 2010년에 나온 《설계자들》에서는 《캐비닛》과는 전혀 다른 서사를 보여준다. 도서관이라는 가상의 공간에서 펼쳐지는 주인공과 영감의 내밀한 대화는 세밀함의 극치를 보여준다.

마치 한 편의 스릴러 영화를 보는 듯한 장면이 쉴 새 없이 이어지는 《설계자들》은 예상대로 세계적인 주목을 받는다. 이 작품은 2018년 억대의 계약금을 지불한 미국 출판사에 팔린다. 《설계자들》 본문에서 저자는 소설이란 인간에 대한 이해라고 표현한다. 차기작인 《뜨거운 피》는 2022년 한국에서 영화화되었다.

정영문 〈오리무중에 이르다〉

2017년에 나온 〈오리무중에 이르다〉는 정영문 문학세계의 후반기를 상징하는 작품이다. 글 전체를 거대한 미로처럼 끌고 가는 작가의 문장은 초반 작품에서 집착했던 죽음과 어둠이라는 주제와는 다른 분위기로 다가온다. 그는 필자와의 만남에서 초기 소설은 자신이 다시 읽어도 섬뜩한 정도로 거리감이 느껴진다고 말했다.

"나는 마치 영영 잘못된 방향으로 가는 길을 찾고 있는 사람 같았다."라는 소설 속의 문장은 정영문이 즐기는 의식의 흐름이다. 기승전결이라는 문학의 구조를 초월한 정영문식 서술에서 그가 최고의 작가로 인정하는 사뮤엘 베케트의 흔적이 느껴진다. 그의 최신작은 2022년에 발표한 《프롤로그 에필로그》다.

3부

한강 작가 작품 리뷰

1장

소설 〈붉은 닻〉

서사와 상징

소설에서는 아버지의 때 이른 죽음을 대하는 가족이 등장한다. 큰 아들 동식은 아버지에 대한 원망과 죽음의 두려움으로 자학을 거듭한다. 작은 아들 동영은 상처를 내색하지 않지만 트라우마로 인해 대학입시에 계속 실패하다 군입대를 한다. 혼란과 아픔을 외면하지 않는 아가페적인 사랑을 실천하는 어머니는 자신과 자식들이 상처를 딛고 일어서기를 염원한다.

작품에서 붉은 닻이 모여 있는 장면은 서로의 입장이 실타래처럼 엉킨 동식의 가족을 암시한다. 배가 떠나고 바다에 남은 녹슨 붉은 닻은 동식의 가족이 감수해야 할 고통을 의미한다. 소설에서는 운명을 받아들이고 극복해 나가는 과정을 3명의 가족을 통해 보여준다.

소설 후반부에는 함께 소풍을 떠나는 가족의 모습이 나온다.

신춘문예 당선작

한강 작품세계의 출발점이 바로 〈붉은 닻〉이다. 책 앞부분에서 언급했듯이 그녀는 이 작품으로 서울신문 신춘문예에 당선된다. 당시 한강은 출판사에 근무하면서 퇴근 후에는 소설 집필에 열중한다. 최인호 작가는 〈붉은 닻〉에 대해 참 어두운 이야기지만 후반부에서는 이 어두운 가족이 바다로 소풍을 가는 부분이 좋았다고 평한다.

최종 심사평에서 〈붉은 닻〉은 매우 서정적인 작품이어서 육체적인 병과 마음의 병을 앓아 온 형과 동생과 그들간의 미묘한 갈등, 사라진 남편 대신 그들을 기다리는 어머니의 안쓰러운 모습이 섬세한 문장 속에 깊이 박혀 잔잔한 긴장과 화해의 밝은 전망을 유발시킨다고 발표한다.

2장

소설 〈여수의 사랑〉

자흔의 인생

주인공과 자흔은 모두 여수와 인연이 있는 인물이다. 주인공의 아버지는 자신의 아내가 세상을 떠나자 주인공과 여동생 미선과 함께 동반자살을 시도한다. 결국 아버지와 미선은 바다에 빠져 목숨을 잃는다. 주인공은 살려달라는 여동생의 손을 애써 뿌리친 자신의 손을 증오하면서 여수라는 고향 자체를 부정한다.

자흔이라는 인물은 두 살 때 여수발 서울행 열차에서 발견되어 고아원에서 지내다 다른 가정으로 입양된다. 사고로 인한 결벽증에 시달리는 주인공은 타지에서 월세를 함께 지불할 새 입주자를 찾는다. 우연한 기회에 주인공은 자흔과 함께 동거생활에 들어간다. 자신의 상처를 치유해가는 자흔을 보면서 주인공은 여수를 향해 떠난다.

상처를 치유하는 방식

인간은 모두 자신의 상처를 마주하는 태도가 다를 수밖에 없다. 평생을 상처에서 헤어나지 못하는 인간이 있고, 어렵사리 상처를 지워가는 인물도 존재한다. 만약 정선이 자흔을 만나지 못했다면 어떤 상황이 벌어졌을까. 모든 도시가 지옥이었던 자흔에게 여수는 자신이 극복해야 할 과거이자 미래였다.

자흔은 결국 여수에서 자신의 상처를 치유한다. 억압해왔던 상처의 근원과 마주했던 자흔을 보면서 정선은 상처를 대하는 자신의 방식이 옳지 않았음을 깨닫는다. 자흔은 뉴스를 보면서 욕지기를 반복하는 정선과는 다른 태도를 보인다. 시간이 흐를수록 이들 간의 심리적인 간격이 좁혀지는 과정이 소설의 백미다.

한강은 인터뷰에서 여수라는 도시가 '아름다운 물'라는 의미와 함께 '여행자의 우수'라는 표현도 있기에 소설의 배경으로 정했다고 언급한다.

3장

소설 〈어둠의 사육제〉

아파트의 불청객

청주에서 여상을 나온 주인공의 꿈은 영문학과 대학생이다. 대학 등록금을 벌기 위해 서울로 상경한 그녀는 무역회사의 경리직으로 일하면서 인숙 언니라는 선배와 함께 자취생활을 이어간다. 어느 날 인숙은 주인공의 전세금을 빼서 달아난다. 어쩔 수 없이 주인공은 서울에 사는 친척집의 문을 두드린다.

그녀가 가족처럼 생각했던 인숙으로부터 받은 피해는 돈과 신뢰만이 아니었다. 주인공은 자신의 삶과 화해하는 법을 상실해버린다. 어쩔 수 없이 주인공은 1개월 기한으로 이모네 42평 아파트의 베란다에서 기거한다. 이모네 가족한테 불청객 취급을 받으며 하루하루를 버티던 주인공에게 강명환이라는 남자가 접근한다.

강명환이라는 남자

주인공의 일거수 일투족을 지켜보던 강명환은 느닷없이 그녀에게 자신의 아파트를 주겠다고 제안한다. 강명환은 사고로 인해 가족을 잃고 하체까지 불구가 된 남자였다. 강명환은 자신의 제안을 단칼에 거부하는 주인공에게 집요하게 같은 제안을 반복한다.

강명환은 그녀처럼 삶의 희망을 차단해버린 인물이었다. 남자의 절망은 주인공보다 넓고 깊은 곳에 위치하고 있었다. 주인공은 강명환에게 남은 생을 이어가기를 바란다는 위로의 말을 건넨다. 미래에 대한 실낱 같은 희망이 사그라질 뻔했던 주인공에게 강명환의 등장은 새로운 불씨였다. 결국 주인공은 새로운 지역에 세를 얻어 이모네 아파트를 떠난다.

4장

소설 〈야간열차〉

동걸이라는 친구

주인공의 친구 동걸은 느닷없이 야간열차 이야기를 꺼낸다. 제대 후 주인공은 그와 술을 마시고 서울 후암동 반지하에 사는 동걸의 집에서 하룻밤을 보낸다. 친구의 집에는 뇌사상태에 빠진 쌍둥이 남동생이 누워 있었다. 이후 주인공은 야간열차의 존재를 잊어버린다. 어느 날 벽제 화장터로 가자는 동걸의 전화가 오지만 주인공은 이를 거절한다.

어느 날 주인공은 깨닫는다. 동걸이 취기가 오르면 말하던 야간열차에는 친구의 냉정한 욕망이 숨어 있음을, 동걸이 울부짖었을 때 아랫목에서 꿈틀거리는 불구의 동생과 단칸방에서 여생을 이어가는 그의 어머니와 여동생 모두를 저버리려 했음을 말이다. 누구보다 당당했고 강해 보였던 동걸의 모습은 주인공의 착각이었다.

떠나는 자와 남는 자

소설에 등장하는 야간열차는 고통스러운 현실을 벗어날 수 있는 출구에 해당한다. 주인공은 야간열차에 집착하는 동걸의 속내를 이해하지 못한다. 하지만 우연히 그의 집에 머물면서 친구에 대한 이해가 깊어진다. 늘 자신보다 우월한 존재로 생각했던 동걸은 상처로 뒤덮힌 슬픈 영혼이었다.

소설 작법에서 상징이란 매우 중요한 요소로 작용한다. 한강은 상징을 매우 잘 다루는 작가다. 그렇기에 작가는 대부분의 작품에서 상징을 생명수와 같이 다루고 있다. 이 소설에서도 야간열차라는 상징을 등장시켜 독자로부터 궁금증을 자아내게 한다. 야간열차의 의미는 소설의 후반부에서야 정체를 드러낸다.

5장

소설 〈질주〉

달리는 남자

소설은 5킬로미터가 넘는 거리를 달리는 주인공을 묘사하면서 시작한다. 그는 일주일이 넘게 연락이 끊어진 어머니가 궁금해서 의붓아버지가 운영하는 지물포에 방문한다. 서른 살의 주인공은 매번 이를 악무는 습관으로 인해 치아 상태가 좋지 않다. 그는 모든 현상을 의심하고 뜯어 보는 습관을 가진 인물이다.

주인공이 유일하게 자랑스러워 하는 행위는 어딘가를 달리는 일이다. 고교 시절 달리기 대회에서 매번 1등을 했던 그는 매일 아침마다 자신이 사는 독신자 아파트의 뒷산에 난 등산로를 달린다. 주인공은 온몸이 땀에 젖어도 왜 달리는 행위를 멈추지 않는 것일까.

고독한 자의 몸부림

재혼한 어머니는 서서히 그를 멀리한다. 게다가 고등학교 졸업반이 된 배다른 여동생은 주인공을 오빠라고 부르지 않고 피하기 시작한다. 돈벌이에 집착하는 아버지 역시 그에게 마음을 주지 않는 얼음 같은 인물이다. 주인공은 3명의 가족 모두로부터 외면을 당하다가 결국 독신자 아파트로 거처를 옮긴다.

소설 〈야간열차〉에서는 주인공의 분신으로 동걸이라는 인물이 나온다. 하지만 〈질주〉에서는 주인공의 외로움을 공유할 만한 분신은 나오지 않는다. 그에게는 불치병에 걸린 어머니와 자신을 외면하는 의붓아버지와 배다른 여동생이 있을 뿐이다. 여기에 명을 달리한 진규라는 친형제가 주인공의 기억에 머물러 있다. 이 시점에서 주인공이 달리는 이유는 명확해진다. 그는 자신에게 형벌처럼 내려진 고립감을 잊으려고 달리는 남자였다.

6장

소설 〈진달래 능선〉

꽃의 귀환

이번 작품에서는 '진달래'라는 소재가 여러 번 등장한다. 주인공이 진달래나무에 시선이 멎을 때면 봄의 형상을 한 풍요로운 환영이 나타난다. 이러한 광경은 그가 아홉 살 무렵, 진달래 능선이라 부르던 뒷산 기슭에서 봉화처럼 타오르던 꽃불과 입술 가득 진달래 꽃물을 들이고 다니던 코흘리개 정임이의 모습과 겹쳐진다.

주인공은 얼굴에 저승꽃이 핀 숙모로부터 한 장의 사진을 받는다. 연락이 끊어진 자신의 남매인 중학생 정임의 사진이었다. 그는 사진을 가슴에 꽂고 진달래 능선에 오른다. 어느 날 주인공은 자신이 세들어 사는 집마당에서 주인 노인이 진달래나무를 태우는 광경을 목격한다. 그는 서둘러 노인의 행동을 만류한다.

희망의 또 다른 이름

마당에 우거진 진달래나무를 볼 때마다 주인공은 어떤 생각을 했을까. 그는 진달래나무를 응시하면서 곧 봄이 오리라는 기대와, 봄이 와서 이 마당에도 붉은 꽃들이 만발하리라는 충만감을 가지고 있었다. 결국 주인공에게 진달래나무란 막연한 기쁨과 정임의 기억을 함께 주는 선물과 같은 존재였다.

직장에서 퇴근한 그는 저문 마당에 아직 남아 있는 진달래나무를 발견한다. 집주인 황 씨는 주인공과 비슷한 이별의 상처를 가진 인물이었다. 주인공처럼 가족을 잃은 황 씨 역시 진달래나무를 희망의 존재로 여겼던 것이다. 이 대목에서 작가는 진달래라는 식물을 살아 움직이는 존재로 승화시킨다.

7장

소설 〈내 여자의 열매〉

아내의 침묵

주인공은 아내의 몸에서 피멍을 발견한다. 이유를 물어보았지만 아내는 멍이 점점 커진다는 답변만을 할 뿐 피멍의 이유에 대해서는 특별한 이야기가 없었다. 이것으로 끝이 아니었다. 시간이 흐를수록 아내는 점점 말이 줄어들었다. 아내는 마치 낯선 사람과 사는 존재처럼 변해가고 있었다.

그가 아내에게 청혼했을 때 그녀는 해외에서의 삶을 준비하고 있었다. 6개월마다 거주지를 옮기면서 한국과는 다른 환경에서 살고자 했던 여인이었다. 결국 주인공은 아내와 결혼하지만 정신과 육체의 변화를 함께 겪는 아내를 제대로 이해하지 못한다. 6박 7일간의 출장을 마치고 집에 온 남편은 아내의 변화에 소스라치게 놀란다.

인간세계와의 이별

방치된 집안을 둘러보던 주인공은 베란다에서 아내를 발견한다. 그녀는 베란다의 쇠창살을 향하여 무릎을 꿇은 채 하늘을 향해 두 팔을 치켜올리고 있었다. 진초록색으로 변해 버린 아내의 육체는 일주일 전의 모습이 아니었다. 그는 무표정한 모습의 아내를 망연자실하게 응시할 수밖에 없었다.

〈내 여자의 열매〉는 인간과 자연과의 경계를 한강 특유의 감성적인 필체로 풀어낸 작품이다. 이 소설을 읽으면서 〈채식주의자〉의 축소판이라는 생각을 지울 수가 없었다. 주인공의 아내는 자신의 고향과 대도시 모두에서 적응할 수 없는 외로운 존재였다. 이 작품은 식물로 변해버린 아내를 돌보려는 주인공을 통해 삶과 죽음을 선택할 수 없는 인간의 한계를 보여준다.

8장

소설 〈해질녘에 개들은 어떤 기분일까〉

주인공의 변화

작품의 주인공은 여자아이다. 아이는 아버지와 둘이 함께 살고 있다. 가족을 떠난 아내에 대한 우울한 기억을 뒤로 하고 매일 밤을 술로 지새우는 아버지를 아이는 무력한 시선으로 바라본다. 사라진 아내에 대한 분노를 참지 못해 욕지거리를 내뱉는 아버지를 아이는 슬픈 표정으로 응시한다.

아이는 외진 소읍의 밭둑길을 걷는다. 묵은 밭이 끝나는 지점에서 공터가 등장한다. 그곳에서 아이는 커다란 댓 마리의 개 무리를 목격한다. 덩치가 송아지만 한 개들은 삽시간에 아이 앞을 막아선다. 들짐승처럼 짖어대는 개들을 등지고 아이는 침착하게 도망친다. 개들의 위협을 피해 아이는 안전하게 집으로 들어간다.

인간과 짐승 사이

아이는 개들도 자신처럼 흰 흙펄에 비친 석양을 보고 싶어 하지 않을까, 하는 의문을 가진다. 커다란 이빨을 드러내며 짖어대는 대신 잠자코 자신과 함께 걸어가지 않을까, 하는 생각도 해본다. 바다를 향해 앉아 꼼짝 않고 일몰을 지켜보지 않을까, 하는 상상에 잠긴다.

〈해질녘에 개들은 어떤 기분일까〉에서 아이와 마주치는 개의 모습은 두 가지 의미를 가진다. 이는 아이를 위협하는 맹견과 아이를 두려워하는 연약한 개의 모습이다. 아이는 자신이 돌아보자 소스라치게 물러서는 개를 보면서 슬며시 입꼬리를 올린다. 소설에서 등장하는 아이와 개는 멀어 보이지만 가까운 화자와 청자의 관계에 해당한다.

9장

소설 〈아기 부처〉

하룻밤의 꿈

주인공의 남편은 방송국 유명 아나운서다. 부부는 몇 가지 공통점이 있었다. 강한 성품의 어머니 밑에서 외롭게 성장했다는 점, 그닥 넉넉하지 않은 집안의 태생이라는 점, 피차 누군가로부터 재정적인 도움을 받기를 죽기보다 싫어한다는 점이 그것이었다. 하지만 그들 사이에는 건널 수 없는 강이 놓여 있었다.

〈아기 부처〉에서는 주인공의 꿈이 계속 등장한다. 초반에 등장하는 꿈의 배경지는 아기 부처가 있다는 동아시아였다. 그녀는 작은 동굴 속에 있는 아기 부처를 직접 손으로 빚어서 새로운 형상을 만드는 여행객이다. 성숙한 어른의 형상을 한 눈꼬리가 위로 찢어진 아기 부처의 입은 음흉하게 입꼬리를 위로 들어 올리고 있었다.

미로를 걷는 여자

아내도 남편도 서로에게 안착하지 못한다. 주인공은 화상으로 가득한 남편의 육체를 견디며 일상을 버티고 있지만 남편은 아내가 아닌 다른 여자에게 마음을 주고 있었다. 그녀는 남편의 흉터가 사랑의 이유였지만 이제는 남편의 흉터로 인해 그를 혐오하고 있는 상황에 직면한다.

다시 주인공의 꿈에 아기 부처가 등장한다. 그녀는 아름답기로 소문난 아기 부처를 보려고 버스에 실려 이동하고 있었다. 버스에서 내려 발견한 것은 거대한 무덤의 밑바닥 같은 구덩이였다. 주인공이 애타게 찾던 아기 부처는 이번 꿈에서는 등장하지 않는다. 주인공은 아침 산책길에서 마주친 소나무를 보면서 삶의 작은 희망을 발견한다.

10장

소설 〈어느 날 그는〉

오토바이를 타는 남자

주인공이 머무는 공간은 고시원이다. 그의 직업은 출판사의 신간 도서를 여러 언론사 사무실에 오토바이로 배달하는 일이다. 사장은 그에게 대학 진학을 권하지만 주인공은 별 관심이 없다. 남자는 직장생활을 하면서 애초에 길은 결코 끝나는 법이 없으며, 끝이란 사람들이 지어낸 생각일 뿐이라고 여긴다.

안전, 정확성, 신속성을 외치는 사장은 주인공을 보면서 복서같이 거친 성향이 보인다고 꼬집어 말한다. 기계처럼 자신의 업무를 완수하는 일상에 몰두하던 남자는 거래처인 주간지 사무실에서 일하는 여인과 급속도로 가까워진다. 경제적인 여유가 없던 남자는 여인의 반지하 자취방에서 새로운 미래를 시작한다. 여인의 일탈로 짧은 동거생활을 접은 남자는 다시 자신만의 공간으로 돌아간다.

작가의 변신

한강의 초창기 작품에서는 작가가 풀어내는 서사가 쉬이 읽히지 않는다. 서사보다는 세밀한 묘사와 은유에 비중을 두는 편이었던 1990년대 신춘문예의 분위기가 영향을 끼치지 않았나 싶다. 여기에 대부분의 신문사가 중편보다 단편소설을 심사 대상으로 했기에 짧은 호흡의 글쓰기에 익숙한 영향도 있을 것이다.

〈어느 날 그는〉은 한강의 단편소설을 통틀어 묘사에 대한 비중이 낮은 소설이다. 작가로서 변신이 필요한 시점에 쓰여진 소설임이 분명하다. 이전에 보여준 등장인물의 의식의 흐름이 아닌 사건 위주의 전개가 눈에 띈다. 서사가 반듯한 소설은 속도감 있게 읽히는 특징이 있다.

11장

소설 〈붉은 꽃 속에서〉

어머니의 시선

주인공에게는 일곱 살 여동생 윤이가 있다. 어느 날 절에 방문한 어머니와 주인공 그리고 윤이는 그곳에서 죽은 사람에게 달아주는 영가등을 발견한다. 영가등을 하얀 꽃이라고 말하던 윤이는 녹슨 못을 잘못 밟아서 어린 나이에 세상을 떠난다. 급작스러운 동생의 죽음은 주인공에게 속세의 인연을 끊어버리는 계기로 작용한다.

어머니는 그렇게 두 명의 자식을 떠나 보낸다. 소설에서 어머니는 불의의 사고로 죽은 윤이와 불가로 귀의한 주인공에 대해 집착이 아닌 있는 그대로를 관조하는 존재로 등장한다. 그렇기에 동생 윤이가 목격했던 하얀 꽃은 삶과 죽음의 사이에 놓인 불멸의 존재로도 해석이 가능하다.

불교소설이 공식

〈붉은 꽃 속에서〉는 깨우침을 위한 구도의 과정을 소재로 이용하는 불교소설과는 다른 방향으로 흘러간다. 작가는 주인공이 정진하는 모습을 한 폭의 수채화처럼 기술해 나간다. 속세와 불가의 경계선 자체를 의식하지 않는 듯한 한강 특유의 필체가 기존 불교소설과의 차이가 느껴지는 대목이다.

주인공은 연등회 날에 어머니와 함께 절에 방문한 큰오빠와 동행한 젊은 낯선 여자와 마주친다. 오빠와 어머니는 속세를 떠난 주인공에게 경어를 써준다. 이제 그들은 더 이상 가족이 아닌 다른 세계에서 마주친 관계였다. 스스로 붉은 꽃으로 화한 주인공은 절이라는 수행의 공간에서 삶의 주체로 조금씩 자리를 잡아간다.

12장

소설 〈아홉 개의 이야기〉

한강의 액자소설

제목처럼 9개의 이야기가 하나의 줄기를 이루는 액자소설이다. 액자소설이란 이야기 속에 또 하나의 이야기가 들어 있는 구조를 가진다. 〈아홉 개의 이야기〉의 도입부에서는 해안도로를 지나 비포장도로를 달리는 자전거에 함께 탄 소년과 소녀가 등장한다. 소녀는 도시로 떠나고 이후 소년은 소녀의 소식을 알지 못한다.

장면이 바뀌어 서른 살의 여인이 등장한다. 그녀는 나지막한 슬레이트 집들이 밀집한 산기슭을 헤매는 꿈을 꾼다. 골목에서 비가 내리는 푸른 산의 꼭대기를 쳐다보던 그녀는 타는 듯한 갈증을 느끼며 꿈에서 깬다. 여자의 곁에는 어린아이처럼 벌어진 입술을 가진 남자가 자고 있었다.

이야기의 끝

이번에는 목소리가 아름다운 여자와 함께 사는 남자가 등장한다. 그 남자의 유일한 염려는 자신보다 여자가 먼저 세상에서 사라지는 것이다. 여자와 남자는 자신들의 거처를 떠나 도회로 이주한다. 어느 저녁 그들은 슬리퍼를 신고 베란다로 향한다. 그들은 함께 두 겹의 창문을 열어제친다.

마지막 이야기에 나오는 여자와 남자가 향하는 지점은 명확하지 않다. 소설의 마지막 페이지를 넘길 때까지 독자는 남녀가 머무는 장소를 명확하게 알 수가 없다. 작가는 아홉 번째 이야기까지 결론을 공개하지 않는다. 과연 여자와 남자는 어디로 갔을까. 〈아홉 개의 이야기〉의 마지막 문단은 소설을 완독하려는 독자를 위해 비밀로 남겨둔다.

13장

소설 〈흰 꽃〉

제주로 떠난 남자

지방 국립 대학을 졸업한 주인공은 서울에서 잡지사, 방송국, 편집대행사라는 직장을 전전하는 인물이다. 조그만 구속이나 권위도 못 견뎌 하는 그에게 가장 큰 위안은 눈부신 햇빛이다. 한 달 후에 주인공은 북제주군의 세화라는 소읍에 월세방을 얻어 2개월간의 타지 생활에 도전한다.

그는 제주도 체류를 마치고 완도행 페리호에 탑승한다. 그곳에서 50대 초반으로 보이는 흰색 정장 차림의 남자와 우연히 마주친다. 유행에 지난 양복을 입은 남자는 어두운 선실 복도의 창 앞에서 주인공과 한 시간 가까이 나란히 서 있는다. 그들 근처에는 모두 6명의 탑승객이 모여든다.

역사소설의 시작

이번에는 부부라는 느낌이 들지 않는 중년 남녀가 복도에 나타난다. 40대 초반으로 보이는 여자의 귓가에는 검은 실핀에 매달린 꽃 같은 흰 리본이 매달려 있었다. 주인공은 술에 취해 흐느끼는 중년의 여인을 보면서 제주 세화리의 주인집 노파와 생빈눌의 기억을 동시에 떠올린다.

제주에서 행하는 장례 방식을 의미하는 생빈눌의 이야기를 꺼낸 사람은 주인집 노파였다. 그녀는 제주 4·3 사건 당시 네 형제의 목숨이 사라지는 비극과 마주한다. 땅에다 돌자갈을 깔고 그 위에다 관을 놓는 생빈눌을 묘사하는 대목에서 한강 작가는 역사소설이라는 장르로 소리없이 진입한다. 이 장면에서 2021년에 출간한 장편소설 〈침묵하지 않는다〉가 떠오르는 것은 필자만의 느낌은 아닐 테다.

14장

소설 〈철길을 흐르는 강〉

시점의 변화

1인칭 시점과 3인칭 시점이 어지럽게 교차하는 〈철길을 흐르는 강〉에서는 과거의 트라우마를 껴안고 살아가는 인물이 등장한다. 그녀의 10대 시절은 술에 취한 아버지가 의붓어머니를 괴롭히는 고통과 혼란의 시간이었다. 맏이였던 주인공은 의붓동생들의 울음소리가 그치지 않는 작고 어두운 집에서 탈출구를 찾아야만 했다.

장면이 바뀌어 서울 외곽에 위치한 사무실에서 근무하는 그녀의 집은 항구도시의 다세대 주택가다. 주인공과 만나는 남자는 열다섯 살 때 혼자가 된 어머니와 함께 고향을 떠난 인물이다. 당시 그 남자의 희망은 서울 시민이 되는 것과 지상으로 올라가는 것 두 가지가 전부였다.

도시의 겨울

작가는 사건을 소설의 주변부에 배치하고 도시라는 공간을 소설의 전면에 배치한다. 남자는 주인공에게 이렇게 말한다. 만약 자신이 영화를 만든다면 수백만 명의 불행을 만들어내는 도시, 수백만 명의 피로한 인간을 뱉어내는 작품을 만들겠다고. 갈증, 탕진, 굴욕, 상처, 환멸이 가득한 이 도시에 구원이란 존재하지 않는다고.

자신의 고향이 철길이라고 말하는 그녀에게 휴식이 가능한 도시는 존재하지 않는다. 자신이 살았던 골목과 철길 사이를 찬찬이 설명하는 주인공의 음성에는 꿈을 잃은 자의 슬픔과 절망이 가득하다. 자유의지를 상실한 여자는 마지막 순간까지 관성적인 삶을 되풀이한다. 마지막 페이지에 등장하는 주인공의 짧은 노래는 쉬이 무너지지 않는 생의 가치를 간접적으로 상징한다.

15장

소설 《검은 사슴》

사라진 인물

소설의 시작은 사라진 인물인 의선으로부터 시작한다. 의선의 행방을 추적하는 인영과 명윤이 강원도 폐광촌을 방문하는 과정이 펼쳐지는 《검은 사슴》은 가장 분량이 많은 장편소설에 속한다. 의선이 남긴 몇 마디를 근거로 향한 지역은 두 군데의 탄광만 남고 인구는 절반으로 줄어버린 황곡시다.

작가는 황곡시를 망가지고 무너졌으면서도 아무렇지도 않은 듯이 웅크리고 있는, 마치 산 채로 버림받은 짐승처럼 고개를 수그리고 있는 도시라고 묘사한다. 의선은 황곡시와 닮은 인물이다. 여기에 소설의 제목인 검은 사슴이라는 존재를 추가하면 삼각형 모양의 관계도가 만들어진다.

어둠의 정체

　과거 의선의 아버지는 검은 사슴에 대해 이렇게 설명한다. 깊은 땅속 암반 사이에서 사는 검은 사슴은 굶주린 범처럼 형형한 두 눈을 가지고 있고 이빨은 늑대 송곳니처럼 단단한 짐승이며 천형처럼 어둠을 짊어진 검은 사슴의 소원은 하늘을 보는 것이지만 햇빛을 받자마자 순식간에 진홍색 웅덩이로 변해버린다고 이야기한다.

　황곡시와 검은 사슴과 의선은 모두 어둠이라는 공통점을 가지고 있다. 하지만 작가는 어둠이라는 존재를 의선과 등장인물 모두가 극복해야만 하는 존재로 풀어가지 않는다. 의선의 주위를 감싸고 있는 어둠이란 절망의 또 다른 모습이 아닌 희망과 결을 같이 하는 존재로 보여진다. 그렇기에 어둠이란 작가의 세계관이자 《검은 사슴》에서 발견해야 하는 정념의 또 다른 이름이다.

16장

소설《그대의 차가운 손》

예술과 인간가치

1990년대 말에 초안을 잡고 2002년에 장편소설로 완성한《그대의 차가운 손》은 예술과 인간의 정체성을 심도 있게 다룬 작품이다. 주인공은 우연히 만난 여성의 손을 본뜬 조각을 완성하면서 새로운 철학적 사유에 빠져든다. 주인공이 완성한 조각은 자신의 내면에 숨어 있는 감정을 끌어내는 일종의 상징이다.

언급한 작업은 단순히 신체의 일부를 재현하는 행위가 아닌 인간의 삶을 표현하려는 시도의 일환이다. 주인공은 자신이 조각하는 손에 담긴 상징성에 집착한다. 이러한 과정을 통해서 그는 인간 존재의 본질을 탐구한다. 그렇게 예술 작업을 반복하면서 자신의 상처를 치유하려 하지만 주인공은 더욱 커다란 혼란에 직면한다.

고독과 죽음의 이중주

결국 주인공은 자신이 죽음에 대한 집착으로부터 벗어날 수 없다는 사실을 깨닫는다. 주인공의 가족, 친구, 동료는 그림자처럼 스쳐 지나가는 존재일 뿐이었다. 누구도 그를 이해할 수 없다. 자신이 만나는 연인조차도 형식적인 관계에서 머물기 때문에 어떤 인간관계도 주인공에게 의미를 부여할 수 없다.

《그대의 차가운 손》은 예술혼의 세계를 관조하는 작가적 성찰이 빛나는 작품이다. 소설에서 차가운 손이란 인간의 상실과 고독을 반영하는 메타포다. 여기에 작가의 감각적인 문체가 곁들어져 주인공의 복잡한 내면을 그려낸다. 강석경 작가에 이어 예술가 소설의 진수를 보여준 이 작품에서 한강은 창작과 인간관계에 관한 통찰을 날카로운 필체로 보여준다.

17장

소설 〈몽고반점〉

인간과 육체

주인공의 직업은 유명 비디오 아티스트다. 그는 일요일 오후가 되면 대기업에서 빌려준 작업실에서 자신만의 시간을 보내는 인물이다. 어느 날 그는 자신의 아이의 육신에 있는 몽고반점에 시선이 머문다. 아내는 자신의 여동생의 육체에도 오랫동안 몽고반점이 있었다고 털어놓는다.

그 순간부터 주인공은 처제의 육체에 있는 몽고반점을 상상하면서 혼란스러운 감정에 빠져든다. 자신 스스로가 욕망의 주체가 되었다는 사실을 깨달은 주인공은 몽고반점이라는 이미지에 광적으로 집착한다. 지금까지 완성한 전시, 영화, 공연 등은 아무 의미가 없다고 판단한 주인공은 자신의 정체성마저 의심하게 된다.

예술가의 신념

〈몽고반점〉은 2005년 이상문학상 수상작으로 선정된다. 심사위원회는 〈몽고반점〉을 형부와 처제의 정사라는 사회적으로 터부시되는 도발적 소재를 통해, 인간 근원으로의 회귀를 추구하여 육감적이고 관능적인 몸의 움직임을 통해, 에로스적 욕망의 종국과 그 비극적 파국을 그려낸 문제작이라고 평가했다.

초반에 등장하는 몽고반점은 이성의 육체를 상징하는 이미지로 보이지만 후반부로 갈수록 이는 시들어버린 주인공의 예술혼을 살리는 존재로 확장된다. 작가는 몽고반점이라는 인간의 표식을 내세워 예술적인 열망을 구현하는 과정에 집중한다. 이 작품은 처제와 주인공의 육체적인 갈등을 보여주는 것 같지만 궁극적인 지향점은 바로 사그라진 예술혼의 부활이다.

18장

소설 〈채식주의자〉

아내의 변신

채식주의자로 변한 아내를 묘사하는 남편의 독백으로 소설은 시작한다. 그는 특별한 매력이나 단점이 없는 아내를 배우자로 원했다. 남자는 신선함과 재치, 세련된 면이 없는 무난한 성격의 아내를 늘 편하게 생각했다. 말수가 적은 편이지만 무리없이 가사일을 해내는 아내와 남편의 관계는 특별한 문제가 없었다.

어느 날 남편은 넋을 잃고 냉장고를 응시하는 아내를 목격한다. 그녀는 남편에게 꿈을 꿨다고 말한다. 이후 여자는 마루바닥에 고기, 오징어, 바다장어 등을 늘어놓는다. 남편은 정신없이 음식물을 비닐봉지에 넣는 아내를 저지한다. 아내는 소름이 끼칠 정도의 담담한 어조로 다시 남편에게 꿈을 꿨다고 중얼거린다.

혼란과 단절의 세계

부부의 혼란스러운 일상은 이 정도에서 그치지 않는다. 매일 출근하던 남편을 배웅하던 아내는 이제 없다. 여자는 꿈에서 날고기를 먹는 상황을 설명하면서 채식주의자로 변해버린다. 아이가 없는 부부의 관계에 엄청난 변화가 불어닥친다. 식성이 좋았던 아내는 이제 남편에게 고기나 계란 음식을 만들어주지 않는다.

새벽 다섯 시에야 잠이 드는 아내는 하루가 다르게 체중이 감소한다. 그녀는 남편의 몸에서 고기냄새가 난다는 이유로 잠자리를 거부한다. 아내는 불면증에 시달리지만 집안정리와 채식을 챙기는 일상은 유지한다. 그녀는 부부동반으로 참가한 남편 직장의 회식자리에서 나온 쇠고기가 들어간 탕평채 요리를 거부한다.

가족과의 단절

여자는 과거에 가족으로부터 차별을 당한 기억이 있다. 채식주의자로 변한 자신의 딸보다 사위를 먼저 챙기려는 그녀의 부모가 이를 입증해준다. 가족과의 식사자리에서 고기섭취를 거부하는 여인에게 아버지는 강제로 음식을 먹이려 든다. 가부장적인 여인의 아버지는 채식주의자로 변한 딸을 이해하지 못한다.

신화의 세계로

한강의 아버지 한승원은 인터뷰에서 〈채식주의자〉는 신화적 배경이 돋보이는 작품이라고 평한다. 소설에서 식물로 회귀하는 여자의 모습은 누구도 건드리지 않는 세계로 진입하는 신인류의 모습이다. 폭력적인 아버지로부터 벗어나려는 딸의 갈망은 채식주의자의 모습으로 털갈이를 한다.

나무와 인간의 동질적인 습성을 문학을 통해 끌어내는 한강의 작법은 탁월하다. 불가에서 성스러움의 상징으로 알려진 보리수 나무와 그리스 신화에 등장하는 초목은 신과 함께 존재하는 식물이다. 〈채식주의자〉를 쓴 한강은 후기에서 자신은 이 작품을 껴안을 힘이 있다고 발언한다. 이 작품은 생생한 고통과 질문으로 가득찬 한국소설의 위대한 흔적이다.

19장

소설 〈나무 불꽃〉

세 명의 영혜

한강의 소설 〈몽고반점〉, 〈채식주의자〉, 〈나무 불꽃〉에서는 똑같은 이름의 영혜가 등장한다. 소설 〈나무 불꽃〉에서는 〈몽고반점〉과 〈채식주의자〉 이후의 영혜가 나온다. 채식주의자 선언을 한 영혜는 축성 정신병원에 입원한다. 정확히 말하면 영혜는 주변인의 강권으로 정신병원에 입원을 당한 상황이었다.

영혜는 언니에게 자신의 손에서 뿌리가 돋아서 땅 속으로 파고들었다고 말한다. 네 살 터울의 영혜는 언니와는 큰 갈등 없이 성장했던 인물이다. 하지만 시간이 흐를수록 말이 없어지는 여동생은 조금씩 세상과의 간극을 늘려간다. 언니는 여전히 영혜의 변화를 이해하지 못한다.

고통 3부작

폐쇄병동에 갇힌 영혜는 시간이 갈수록 자신의 정체성을 잃어간다. 의사는 언니에게 영혜는 식사를 거부하는 정신분열증 환자라고 설명한다. 언니에게 세상의 나무들은 모두 형제 같다고 말하는 영혜. 그녀는 30킬로그램을 넘기지 못하는 빈약한 육체를 가진 거식증 환자로 변해 있었다.

한강은 〈채식주의자〉의 얼개를 총 3부작의 장편소설로 구상했다고 밝힌다. 위에서 언급한 세 편의 중편소설은 2002년 겨울부터 2005년 여름에 걸쳐 만들어진다. 작가는 해당 소설을 컴퓨터에 저장하면서 파일명은 '고통 3부작'이라고 입력했다고 전한다. 〈채식주의자〉의 출발점은 필자의 예상대로 〈내 여자의 열매〉였다.

20장

소설 《바람이 분다, 가라》

젊은 여성 정희

정희는 절친한 친구이자 재능있는 화가인 인주가 교통사고로 사망한 사건을 마주한다. 그녀는 세상을 떠난 친구의 죽음을 기점으로 끊임없이 우정과 상실에 관한 내적인 질문을 반복한다. 결국 정희는 삶과 상실이라는 존재가 떼려야 뗄 수 없는 연결고리임을 서서히 깨닫는다.

작은 이야기를 모아 커다란 퍼즐을 완성하는 구조의 《바람이 분다, 가라》는 작품에서 나오는 사건 마다 고유한 깊이를 가지고 있다. 정희는 인주의 비극을 마주하면서 자신의 내면에 감춰놓은 오해와 비밀을 파헤쳐 나간다. 소설에서는 삶의 어두운 순간에서 생의 진실을 추구하려는 등장인물의 민얼굴을 보여준다.

바람의 상징

《바람이 분다, 가라》의 초반부에서 바람은 단순한 자연의 현상이 아닌 인생의 허망함을 상징하는 존재로 쓰인다. 소설의 핵심적인 상징인 바람은 줄거리가 진행되면서 인류애라는 의미로 확장된다. 또한 바람이란 시간의 흐름과 함께 인간이 오롯이 지켜내야 하는 가치라는 중의적인 의미를 지니고 있다.

정희는 인주의 죽음을 경험하면서 자신의 둘러싼 세상의 변화를 체감한다. 바람이라는 거대한 자연의 변화 속에서 독자는 등장인물의 고통과 변화를 읽으면서 내적인 성장을 기대할 수 있다. 한강의 네 번째 장편소설인 《바람이 분다, 가라》는 2010년 동리목월문학상을 받는다.

21장

소설《희랍어 시간》

보르헤스의 말

보르헤스의 유언이자 묘비명으로 시작하는《희랍어 시간》에는 두 명의 주인공이 등장한다. 작품을 이끌어가는 여자와 남자는 모두 상실의 아픔을 가지고 있다. 여자는 말을 잃어가는 희랍어 수강생이고 남자는 시력을 잃어가는 희랍어 강사다.《희랍어 시간》에 등장하는 문단은 마치 연작시 같은 글쓰기의 성찬을 보여준다.

여자는 반년 전에 어머니와 사별한 인물이다. 그녀는 수년 전에 이혼을 했으며, 세 번의 소송전 끝에 아홉 살의 아들을 잃은 기억이 있다. 이후 자식을 잃은 상처로 불면증에 시달리는 일상을 보내고 있다. 매주 심리치료를 받지만 고가의 비용을 감당하지 못해 이를 포기한다.

여자의 관점

그녀는 대학을 졸업하는 해부터 출판사와 편집대행사에서 일했던 사람이다. 이후 7년 동안 수도권 대학에서 문학을 강의했으며, 3~4년 간격으로 시집을 출간했고, 격주로 발행하는 서평지에 여러 해째 칼럼을 기고하고 있다. 하지만 사별과 이혼과 이별을 거푸 겪으면서 생계와 관련한 모든 일을 그만둔다.

여자가 세상과 소통하는 유일한 창구는 학원에서 희랍어를 배우는 시간이다. 이미 세상의 언어가 아닌 희랍어를 배우려는 여인의 목적은 무엇일까. 그녀는 과거에 상실해버린 자신만의 언어를 되찾고 싶었다. 지금 여인에게 필요한 것은 어떤 외국어이든 간에 낯선 단어로 이루어진 언어다.

남자의 관점

그는 최대한 도수를 높인 안경을 착용했지만, 형상과 동작들은 뭉개져 있고 디테일은 오직 상상의 힘으로만 가능한 상태다. 게다가 날이 저물면 급격히 시력이 떨어지기에 서둘러 집으로 향한다. 그럼에도 남자는 학원에서 월요일과 목요일은 희랍어 초급반을, 금요일에는 플라톤을 강의한다.

그는 열다섯 살에 독일로 이주한다. 남자는 모국어에 대한 갈망으로 가족의 만류를 뿌리치고 서른한 살에 한국으로 향한다. 하지만 오랜 타지 생활을 보낸 그에겐 서울 역시 낯선 도시에 불과했다.

한편 남자는 10대 시절부터 수없이 동일한 꿈을 꾼다. 그의 꿈에서 등장하는 버스 차장 밖으로 펼쳐지는 거리의 간판들은 모국어도 독일어도 아닌 생소한 문자들로 이루어져 있었다. 목적지를 알 수 없는 버스 안에서 남자는 정신적인 방황을 멈추지 못한다.

다시 희랍어 시간으로

남자가 여자가 만나는 공간은 희랍어 강의실이다. 이곳에는 걸음걸이와 말의 속도가 느리고, 감정을 드러내지 않는 수강생들이 모여든다. 사라진 언어를 배우는 학생들은 침묵과 수줍은 망설임으로 수업에 임한다. 안경을 떨어뜨린 남자는 학원 계단에서 움직이지 못한다. 도움을 청하는 남자에게 소리없이 여자가 다가온다.

실제 보르헤스는 시력에 문제가 있던 인물이다. 그가 도서관 관장이 되자 완벽하게 시력을 잃게 된다. 고대 북구의 서사시에 등장하는 "우리 사이에 칼이 있었네"라는 보르헤스의 시는 《희랍어 시간》에 등장하는 남녀 주인공의 가깝고도 먼 관계를 암시한다. 마치 보르헤스의 인생을 오마주하는 듯한 전개가 이어지는 작품이 《희랍어 시간》이다.

작품의 가치

노벨상 위원회는 한강의 추천도서로 〈채식주의자〉, 《소년이 온다》, 《희랍어 시간》을 명명했다. 언급한 세 개의 작품은 필자가 가장 아끼는 한강의 작품과 정확히 일치한다. 인간과 자연의 서사인 〈채식주의자〉, 현대사의 비극을 재탄생시킨 《소년이 온다》, 교양소설의 정점을 찍은 《희랍어 시간》 모두 제각각의 개성을 가지고 있다.

우리는 누구나 세상의 크고 작은 단절을 경험한다. 하지만 이를 극복하기 위해 노력하는 존재가 바로 인간이다. 작가는 《희랍어 시간》에 등장하는 다양한 철학적 수사를 동원하여 독자 스스로 자신의 단절을 경험하고, 이를 극복할 수 있는 기회를 제공한다. 《희랍어 시간》은 한강 문학세계의 정점을 보여주는 마스터피스다.

22장

소설 〈에우로파〉

제목의 의미

글쓰기에서 제목은 작품의 절반이라고 해도 무방할 정도로 많은 비중을 차지한다. 낯선 제목으로 독자에서 호기심을 불러일으키는 경우도 적지 않는데 〈에우로파〉가 그런 예에 해당한다. 제목의 뜻을 모른 채로 페이지를 넘기는 독자라면 중반부에 나오는 등장인물의 노래에서 의미를 유추할 수 있다.

에우로파란 그리스 로마 신화에 등장하는 인물로 페니키아 공주의 이름이다. 제우스가 에우로페를 크레타 섬으로 데리고 가면서 크레타 문명이 발전하게 된다. 에우로페의 라틴어식 명칭은 에우로파(Europa)이며, 같은 철자를 영어식으로 읽는다면 유로파라고 부를 수도 있다.

사랑의 다른 이름

소설에서 인아라는 인물은 디자인 회사의 수습사원이다. 그녀를 처음 만나던 주인공은 전역한 지 두 달이 채 안 된 복학생이다. 인아를 소개시켜준 친구와 주인공 그리고 인아는 함께 술을 마신다. 당시 만취한 상태로 인아가 부르던 낯선 노랫가사에서 목성의 달이라고 표현하는 에우로파가 등장한다.

인아라는 인물을 묘사하는 주인공의 초반 시선은 독자로 하여금 감정의 이입을 허용하지 않는다. 결혼생활을 막 청산한 인아는 대형 마트에서 일하다가 회사를 떠난다. 이후 수개월간 우울증을 앓았으며 다른 친구와 음반을 제작한다. 객관적인 시선을 유지하면서 누군가를 계속 응시하는 일은 쉽지 않다. 작가는 그 틈새에 사랑이라는 감상을 슬쩍 투입한다. 그들은 정말 사랑했던 것일까.

23장

소설 〈회복하는 인간〉

상처의 모습

한강의 작품에서는 상처를 가진 인물이 공식처럼 등장한다. 상처는 타자를 이해하는 무해하면서도 결정적인 통로다. 단지 내용과 크기의 차이가 있을 뿐, 모든 인간은 상처를 주고받는 불완전한 존재다. 그렇기에 작가는 내면의 상처를 문학으로 승화하거나 이를 문장으로 위장하는 일에 능숙하다.

〈회복하는 인간〉에는 두 가지 상처가 등장한다. 주인공과 심리적 거리감을 좁히지 않았던 언니의 죽음이 첫 번째다. 언니는 주인공에 비해 유리한 위치에 서 있던 인물이었다. 하지만 그녀는 주인공의 모든 면면을 시기와 질투의 대상으로 받아들인다. 다음은 주인공의 신체에 주홍글씨처럼 새겨진 화상의 흔적이다.

회복의 조건

과거 주인공은 언니에게 이런 질문을 던진다. 사람들이 어떻게 통념 속에서만 살아갈 수 있는지, 그런 삶을 어떻게 견딜 수 있는지에 대한 내용이었다. 언니의 표정이 어두워졌던 이유는 스스로가 통념 뒤에 숨을 수 있음을 다행으로 여겼기 때문이었다. 그렇기에 언니의 죽음은 곧 통념과의 이별을 의미한다.

주인공은 언니가 세상을 떠난 후에야 깨닫는다. 자신이 언니를 전혀 이해하지 못하고 있었다는 사실을 말이다. 육체의 상처는 마음의 상처와 수명 자체가 다르다. 이 작품에서 〈회복하는 인간〉은 과연 누구일까. 주인공의 육체적 상처로부터의 회복을 의미하는 제목은 아닐 것이다. 소설에서는 "당신은 (중략) 모른다"는 표현이 반복적으로 등장한다. 우리는, 그렇게, 세상의 인연과 관계를 모른 채로 살아간다.

24장

소설 〈파란 돌〉

돌의 초상

작가의 변신은 유죄인가 아니면 무죄인가. 질문에 대한 답은 변신을 시도한 작가의 작품에 달려 있다. 1990년대 한강의 소설은 한국문학의 정통 작법에 충실한 글쓰기를 추구했다. 당시 한강은 신세대 작가로 불리던 김영하 등의 소설에 등장하는 한국의 최신 대중문화나 유행의 냄새가 나지 않는 문학에 집중했다.

〈파란 돌〉은 편지글의 형식으로 이루어진다. 화자는 소설에서 미술가인 남자에게 줄곧 말을 건넨다. 어투는 담담하고 필체는 단정하다. 그렇게 자신이 사랑하는 대상에 대한 관심과 마음을 담담하게 풀어낸다. 여기에 남자가 추구하는 예술세계가 양자 간의 주요 소통 수단으로 존재감을 드러낸다.

남자는 주인공이 조금씩 늙어갈 모습이 궁금하다고 말한다. 그는 열일곱 살이 되던 겨울, 처음 그려보았던 나무가 주인공을 닮았다고 말한다. 미술가는 주인공이 그리는 모든 게 실은 그녀의 자화상이라고 말한다. 이 모든 기억을 주인공은 남자가 사라진 상황을 겪으면서 차근차근 되살려낸다.

사랑의 가장 큰 상처는 무엇일까. 작가는 이루어질 수 없는 사랑을 전제로 〈파란 돌〉을 써나간다. 남자와 걸으면서 작은 사고라도 당할까봐 불안했다는 주인공의 말에서 독자는 끝을 헤아릴 수 없는 사랑의 깊이를 공감한다. 언제나 낮고 부드러운 목소리로 주인공에게 말을 걸었던 남자는 어디로 갔을까. 〈파란 돌〉은 사랑과 예술과 이별에 관한 달빛소리 같은 서간문이다.

25장

소설 〈노랑무늬영원〉

주인공의 예술혼

주인공 현영이라는 여성의 직업은 화가다. 결혼하여 직장을 다니는 남편이 있으나 슬하에 아이는 없다. 현영은 과거 운전 중에 도로에 뛰어든 개를 피하려다 차가 전복이 된다. 왼손은 완전히 불구가 되고 오른손은 정상생활 자체가 어려운 상태다. 그렇기에 화가라는 직업을 영위할 수가 없어 작업실은 2년째 방치 상태다.

자신의 전부였던 예술을 포기해야 하는 현영은 매일 무기력한 상태로 살아간다. 그녀의 남편도 아내의 병수발을 하다 지쳐버린 상황이다. 어느 날 현영은 대학동창 소진의 집에 방문했다가 앞발이 잘렸다가 다시 생겨난 도룡뇽과 마주친다. 그리고 80세에도 미술가로서 희망을 놓지 않는다는 Q라는 작가의 인터뷰를 목격한다.

제목의 의미

소설의 제목인 '노랑무늬영원'은 도롱뇽을 의미한다. 물과 육지에서 동시에 서식할 수 있는 양서류과인 도롱뇽 중에서 영원과에 속하는 노랑무늬영원은 몸을 스스로 재생하는 능력이 있다. 소설에서 암시하는 노랑무늬영원은 스스로 상처를 회복하는 인간 즉 주인공 현영과 남편을 암시한다.

붓을 잡을 수 없는 현영은 자신의 손가락에 물감을 묻혀 미술가의 세계로 복귀한다. 노랑무늬영원이라는 메타포를 통해 사라져 버린 예술혼을 다시 살려내는 과정을 한강은 현영을 내세워 풀어낸다. 환자이자, 남편의 골칫덩어리이자, 철저히 쓸모없는 존재로 스스로를 인식했던 현영은 작지만 새로운 출발을 시도한다.

26장

소설 《소년이 온다》

역사소설의 한계

소설창작모임에서 활동하던 선배는 10권 분량의 한국 역사소설에 대한 비판을 다음과 같이 늘어놓았다. 순수문학의 관점에서 보면 이런 형식의 역사소설은 베스트셀러 이상이나 이하도 아니라는 말이었다. 창작자 고유의 시선을 거세하고 고증에 기초한 역사소설의 한계를 꼬집는 직설이었다.

그럼에도 역사소설의 인기는 1980년대를 너머 1990년대로 이어진다. 중고등학교 역사시간에서 가르치지 않는 20세기 현대사에 대한 빈 공간을 채워줄 수 있는 존재가 언급한 역사소설이었기 때문이었다. 정치권력의 이해관계로 인해 현대사의 어두운 면면을 알지 못한 채로 20대를 맞이하는 이들이 늘어만 갔다.

1980년 5월 18일

《소년이 온다》의 초반부에서는 애국가와 아리랑의 가사가 나온다. 그들은 왜 전남도청에서 외롭고 고통스런 밤을 지새워야 했을까. 그들은 왜 도청으로 진입하는 공수부대원을 향해 방아쇠를 당기지 못했을까. 이유는 자명하다. 자신의 목숨 만큼 타자의 목숨 역시 소중하다는 사실을 총을 쥔 학생들은 알았기 때문이었다.

소설에서는 광주에서 목숨을 잃은 시체들이 등장한다. 시체라는 존재에도 생명체와 다름없이 각각의 사연과 이유가 내재한다. 그렇기에 같은 하늘 아래라는 표현만이 있을 뿐 1980년 5월의 광주는 대한민국의 고립된 섬이었다. 부마항쟁의 참사 대신 광주라는 공간이 비극의 현상으로 바뀌었을 뿐이었다.

중학생이 온다

5·18 민주화운동을 소재로 다룬 소설은 오랜 세월이 흐른 뒤에야 등장한다. 권력의 집요한 통제로 출판 자체가 불가능했던 시절이기 때문이었다. 임철우 작가는 1985년 《봄날》이라는 작품으로, 황석영 작가는 1999년 《오래된 정원》이라는 후일담 문학으로 광주의 비극을 추모했다.

1985년 출간 당시 지하 베스트셀러로 알려진 《죽음을 넘어 시대의 어둠을 넘어》 이후 5·18 민주화운동은 연극과 영화 등으로 번져 나간다.

《소년이 온다》에 등장하는 인물은 16세의 중학생이다. 군인들이 무섭지, 죽은 사람들이 뭐가 무섭냐는 소설 속의 대화는 당시의 긴박함과 처절함을 보여주는 대목이다.

눈물로 쓴 작품

한강은 인터뷰에서 작품을 쓰는 과정이 무척이나 힘들었다고 토로한다. 글을 쓰다 눈물로 보낸 시간이 더 많았다는 발언은 역사의 비극이 작가의 내면으로 거침없이 흑화되었기 때문이리라. 임산부의 유방을 도려내고 뱃속의 아기를 끄집어내는 공수부대원의 모습은 작가의 상상으로 만들어낸 장면이 아니었다.

저자는 소설 속의 인물을 내세워 이렇게 질문한다. 날마다 투쟁하고 있는 자신에게, 인간이라는 형체와 싸우는 자신에게, 오직 죽음만이 역사의 비극으로부터 벗어날 유일한 길이라는 관념과 싸우는 자신에게 어떤 대답을 해줄 수 있느냐고. 누구도 명쾌하게 대답하지 못한 이 질문은 독자에게 커다란 울림으로 다가온다.

《소년이 온다》는 한강의 작품을 통틀어 가장 고통스럽게 읽히는 소설이다. 국가라는 폭력의 근원에서 자유롭지 못했던 역사적 사실을 한강은 작가의 이름으로 회피하지 않는다. 한강이라는 소설가의 정체성이나 다름없는 고통과 상실이라는 코드는 《소년이 온다》에서도 어김없이 드러난다.

소설의 후반부 에필로그에는 열 살 무렵에 공수부대원의 총검으로 깊게 내리그어 으깨어진 여자애의 얼굴이 나온 사진책을 본 한강의 이야기가 등장한다. 작가는 《소년이 온다》를 준비하기 위해 전남대의 5·18 연구소와 상무지구의 5·18 문화재단에 방문한다. 피와 눈물로 쓰여진 《소년이 온다》는 노벨문학상을 통해 세계에 알려진다.

27장

소설 〈눈 한 송이가 녹는 동안〉

고통의 여진

제15회 황순원 문학상을 수상한 이 소설은 《소년이 온다》 이후에 만들어진 작품이다. 당시 한강은 전작을 쓰는 과정에서 감수해야 했던 고통의 여진으로부터 벗어나지 못한 상태였다. 이후 바르샤바 대학의 초대로 폴란드에서 생활하면서 초고를 만든 소설이 〈눈 한 송이가 녹는 동안〉이다.

무려 8개월 만에 완성한 단편소설에서 한강은 3년간 연락이 끊어졌던 실제 선배의 부음 소식을 줄거리에 포함시킨다. 소설의 내용은 부당한 해고 사태를 대하는 임 선배와 경주 언니의 대치가 주를 이룬다. 이들은 다른 방식으로 조직의 횡포와 문제점에 맞선다. 그들은 서로 갈등과 대화를 거듭하면서 길을 모색한다.

화자의 고통

〈눈 한 송이가 녹는 동안〉의 화자로 등장하는 주인공은 광대극을 쓰는 인물이다. 하지만 후반부로 갈수록 글은 진척을 보이지 못한다. 설화 속에 등장하는 소녀를 구원의 세계로 끌어내지 못하는 고통이 밀려왔기 때문이었다. 자신이 고통의 중심부로 들어가지 못하는 딜레마에 빠진 화자는 한강의 거울 같은 존재다.

작가는 독자를 향해 하얀 질문지를 던진다. 과연 문학이 세상의 폭력과 부조리함을 해결할 수 있는 존재인가를 말이다. 소설에서 등장하는 출근투쟁과 천막농성은 화자가 고민하는 설화의 세계와 일직선을 이룬다. 그 끝은 등장인물이 헤쳐 나가야만 하는 인정투쟁의 종착지일 것이다. 세상의 모든 영혼은 소중하다. 작가는 그렇게 글을 매조지한다.

28장

소설 《흰》

장르의 한계

누군가 그렇게 말했다. 문학을 포함한 예술세계에서 장르란 평론가들이 만든 일종의 형식이라고. 그럴지도 모르겠다. 장르만큼 편리한 존재가 없지만 장르만큼 선입견을 강화시키는 마취제도 없기 때문이다. 책 표지에는 '한강 소설'이라는 문구가 새겨겨 있다. 그렇다면 《흰》은 소설이라는 장르에 포함되는 것일까.

《흰》은 소설이라는 굴레에 가둘 수 없는 특징을 가지고 있다. 주제는 있지만 줄거리가 존재하지 않는 《흰》의 정체는 무엇일까. 시이거나 산문으로 분류해도 무방할 것이다. 아니면 시와 산문과 소설 모두라고 말해도 괜찮다. 그것도 아니라면 한강이라는 새로운 장르의 탄생이라고 말해야 할 것이다.

소설과 색채의 세계

《흰》은 한강이 폴란드로 떠나기 전에 구상했던 작품이다. 저자는 글을 쓰기 전에 흰이라는 색채와 상통하는 단어를 나열한다. 책을 펼치면 수십 개에 달하는 작은 분량의 글이 속속 등장한다. 모두가 흰이다. 한강에게 흰은 검정의 맞은 편에 있는 존재가 아니다. 그 자체로 배경이거나 홀로 서 있는 등대 같은 공간이 바로 흰이다.

맛있는 음식을 음미하는 행위가 존재한다면 명징한 문장을 음미하는 행위 역시 가능하다. 필자는 《흰》에서 펼쳐지는 백색의 신세계를 마주하면서 보이지 않는 음미의 시간을 경험했다. 누군가에게는 화려함일수도, 누군가에게는 적적함일 수도, 또 누군가에게는 간절함일 수도 있는 투명한 작품이 여기에 있다. 한국문학에는 《흰》이라는 자랑스러운 흔적이 있다.

29장

소설 〈작별〉

변신의 기호학

카프카의 소설 〈변신〉은 충격적인 도입부로 유명한 작품이다. 등장인물 그레고르 잠자는 꿈에서 깨자 커다란 벌레로 변해버린 자신을 발견한다. 가족을 부양하기 위해 유일하게 돈벌이를 하던 그는 벌레로 변한 이후부터 자신의 처지가 달라졌음을 깨닫는다. 인간소외라는 화두를 다룬 〈변신〉은 카프카 문학을 대표하는 소설이다.

〈작별〉의 도입부에서 카프카의 〈변신〉을 떠올리는 일은 그리 어렵지 않다. 두 번째 문장에서 갑자기 눈사람으로 둔갑한 주인공이 등장하기 때문이다. 그녀는 자신이 눈사람이 된 이유나 배경을 전혀 알지 못한다. 독자 역시 마찬가지다. 세상은 변함없이 흘러가고 눈사람으로 변한 그녀에게 남은 시간은 그리 넉넉하지 않다.

일상적인 것과의 이별

주인공은 학창시절부터 특별히 뛰어나지는 않지만 실수를 하지 않는 사람이었다. 일복이 많은 편이었지만 타고난 성실함으로 이를 극복한다. 하지만 눈사람으로 변한 그녀에게 과거의 기록은 별 의미가 없다. 수첩에 연도를 적어가며 앞날을 계획하던 습관도 이제는 한 줌의 잿더미에 불과하다.

제12회 김유정 문학상 수상작품인 〈작별〉은 독자에게 삶과 죽음, 존재와 상실, 만남과 작별이라는 숙제를 건넨다. 주인공은 자신에게 가해지는 운명의 사슬로부터 벗어나지 못한다. 그녀는 위태롭게 시한부 삶을 버티는 나약한 존재일 뿐이다. 우리의 삶도 마찬가지가 아닐까. 인간은 매일의 일상과 작별하는 존재이니까 말이다.

30장

소설 《작별하지 않는다》

현대사 2부작

2021년에 출간한 《작별하지 않는다》는 《소년이 온다》와 함께 읽을 수 있는 현대사 2부작이다. 《소년이 온다》가 5·18 민주화운동을 다룬 소설이라면 《작별하지 않는다》에서는 제주 4·3 사건이 등장한다. 모두 한국의 역사적 그늘을 다룬 작품이지만 전개 방법에서는 많은 차이가 있다.

우선 《소년이 온다》에서는 서두에서부터 독자가 사건의 중심부로 들어간 듯한 생생한 분위기가 휘몰아친다. 중반부 이후에도 독자는 1980년대 광주라는 공간에서 머물고 있다는 착시현상이 들 정도로 탁월한 기술을 보여준다. 반면 《작별하지 않는다》는 친구와 얽힌 사건으로부터 이야기를 풀어나간다.

작별의 크기

주인공은 연락이 뜸해졌던 친구 인선의 문자를 받는다. 신분증을 소지하고 병원에 와달라는 인선의 부탁에 주인공은 곧장 인선이 입원한 병원으로 향한다. 목공방에서 일을 하다 손가락을 절단당한 인선은 주인공과 병원에서 재회하면서 인연을 이어간다. 이후 주인공은 제주도라는 역사의 공간으로 발걸음을 옮긴다.

제주 4·3 사건은 1947년 3월 1일을 기점으로 1948년 4월 3일 발생한 소요 사태와 1954년 9월 21일까지 발생한 빨치산 조직의 진압 과정에서 제주도민들이 희생당한 유혈 참극이었다. 당시 희생당한 민간인의 숫자는 최대 3만 명에 이른다. 저자는 광주에 이어 제주라는 킬링 필드의 현장을 소설로 승화시킨다.

31장

어른을 위한 동화 〈눈물상자〉

한강의 어른동화

필자의 지인 중에서 동화 창작에 도전했던 후배가 있었다. 당시 20대 초반이었던 그는 합평 모임에서 자신이 쓴 동화를 제출했다. 후배의 글을 합평하던 회원들의 반응은 예상 외로 좋지 않았다. 눈높이를 새롭게 해야 하는 동화라는 장르가 그들에게는 익숙하지 않았기 때문이리라.

작가의 어른동화인 〈눈물상자〉의 줄거리를 살펴 보자. 옛날 어느 마을에 '눈물단지'라는 별명을 가진 아이가 있었다. 아이는 자신이 왜 눈물을 자주 흘리는지를 알지 못했다. 친구와 가족도 아이의 눈물을 전혀 이해하지 못했다. 어느 날 눈물을 상자에 수집하는 아저씨가 아이 앞에 나타난다.

눈물의 종류

이 시점에서부터 한강의 놀라운 상상력이 폭발하기 시작한다. 아저씨가 수집하는 눈물은 다양한 종류가 있었다. 화, 거짓, 후회, 기쁨, 외로움의 눈물을 상자에 보관하는 아저씨는 순수한 눈물을 찾고 있다고 아이한테 말한다. 아이는 아저씨와 함께 길을 떠나면서 눈물의 여러 의미를 다시 생각한다.

작가는 아저씨의 말을 통해 눈물의 진정한 가치를 풀어낸다. 순수한 눈물이란 아무 것도 담겨 있지 않은 눈물을 말하는 게 아니었다. 이는 뜨거움과 서늘함, 눈부신 밝음과 어두운 그늘을 모두 담아낼 때 비로소 의미가 있는 존재였다. 아이는 순수한 눈물을 참으며 아저씨와 이별한다. 한강은 과거 대학로에서 본 덴마크 출신의 중년 남자가 등장하는 연극이 〈눈물상자〉의 모티브가 되었다고 설명한다.

참고로 동화를 습작하던 후배는 이듬해 문화일보 신춘문예에 당선된다.

32장

시집 《서랍에 저녁을 넣어 두었다》

시인 한강

한강은 이미 등단하기 전부터 시인으로 활동한 바 있다. 그렇기에 한강은 시와 소설의 경계로부터 자유로운 예술가다. 압축된 언어로 자신의 세계를 묘사하는 장르가 시라면, 소설은 보다 많은 형식과 설명을 필요로 하는 장르에 해당한다. 그래서일까. 작가의 소설에서는 시적인 문장이 자주 등장한다.

2013년 문학과지성사에서 출간한 한강의 시집 《서랍에 저녁을 넣어 두었다》는 위 문단에서 기술한 시인 한강의 외피를 드러내는 책이다. 고통과 죽음이라는 주제를 소설에서 자주 이용하는 한강은 자신의 시에서도 비슷한 양상을 보여준다. 여기에 상실과 공허라는 주제를 추가하여 독자의 내면세계를 뒤흔든다.

언어의 아름다움

아름다움이라는 단어는 긍정어로 쓰이곤 한다. 반면에 고통, 죽음, 상실, 공허는 부정어라는 테두리에 들어가는 단어다. 하지만 한강에게 기술한 단어는 아름다움과 밀접한 관련이 있다. 시인의 손을 거친 단어는 차갑게 식어가는 매개체가 아닌 온기를 머금은 생명체로 변신하기 때문이리라.

한강이 완성한 32개의 작품 중에서 《서랍에 저녁을 넣어 두었다》를 맨 마지막에 배치한 이유가 여기에 있다. 한강이라는 작가의 글 속에 숨은 긍정성을 발견하기란 그리 쉽지 않다. 글 전체에서 몰아치는 우울의 그림자가 워낙 강렬해서다. 그럼에도 한강의 언어를 자주 접하다 보면 희미하게 피어오르는 긍정의 세계가 엿보인다. 한강의 시집에서도 마찬가지다.

4부

8인 8색 심층 인터뷰

인터뷰 배경

interview

본 인터뷰에서는 노벨문학상, 한국문학, 한강문학 3가지에 관한 내용을 주로 다루었다. 여기에 인터뷰이의 직업과 관련한 부분을 추가하여 각각의 인터뷰 질문 항목이 다르게 구성되었음을 미리 밝혀 둔다. 다양한 시각을 공유하기 위해 인터뷰이의 직업군을 다양하게 선정했으며, 개인별로 일주일의 시간을 두고 동시에 진행한 인터뷰였다.

오쿠다 나오

· 번역가 ·

Q1. 안녕하세요? 우선 성명과 소개를 부탁드립니다.

제 이름은 오쿠다 나오입니다. 한국에 관심을 가지게 된 것은 초등학교 6학년 때였어요. 동방신기라는 아이돌 그룹에 빠진 것이 시작이었습니다. 이후 샤이니라는 그룹을 응원한 지 벌써 12년이 지났습니다. 저는 K-POP 덕후라고 해도 괜찮지 않을까 싶습니다. 그후 일본 대학교 한국어학과에서 4년간 한국어, 역사, 문화 등을 공부했어요. 또 1년간 강원도로 유학을 가서 직접 한국 생활을 체험했습니다.

Q2. 오쿠다 나오 님과는 2019년인가에 제 책《취향의 발견》과 관련해서 처음으로 연락이 닿았던 기억이 있네요. 당시《취향의 발견》을 일본어로 번역해서 대학교에 과제로 제출한다고 했는데 결과가 어땠

는지 궁금합니다.

　말씀대로 저는 이봉호 작가의 《취향의 발견》을 과제로 번역했습니다. 저에게는 졸업을 위한 최종 과제가 《취향의 발견》이었는데요. 그 과정에서 '취향저격자'라는 표현이 일본어로 번역하는 데 어려움이 있었습니다. 독서가 취미인 저에게 한국인의 취향을 읽으면서 많을 것을 알게 된, 정말이지 행복한 경험이었어요.

Q3. 오쿠다 나오 님은 한국에 자주 온다고 하셨는데요. 저도 일본 방문을 자주 하는 편입니다. 벌써 일본에 12번이나 방문했으니까요. 다음에 일본이나 한국에서 꼭 만나고 싶습니다. 한국은 어떤 색깔을 가진 나라로 생각하는지 궁금하네요.

　일본에 자주 방문해주셔서 감사드립니다. 저도 기회기 된다면 이봉호 작가를 직접 만나고 싶습니다. 제가 한국 유학생 신분으로 체류할 때 한국 교수님께 라벨이 보이게 술을 따르는 방법을 배웠어요. 한국 젊은이들이 이런 에의를 지키는 모습이 멋있다고 생각합니다. 또한 음악이나 영화 등의 문화가 대단한 나라라고 생각해요. 저는 한국영화 '기생충'을 인상 깊게 보았습니다. 그리

고 한국인은 자신의 마음을 솔직하게 말하는 사람이 많다고 생각
합니다.

**Q4. 이제 노벨문학상에 관한 질문을 하겠습니다. 혹시 한국 작가인
한강이 2024년 노벨문학상을 받았다는 뉴스를 일본에서 접했는지
요? 그렇다면 일본 현지에서의 반응은 구체적으로 어떤가요?**

한강 작가님이 노벨문학상을 수상했다는 뉴스를 보았습니다.
일본에서는 아시아 여성이 최초로 노벨문학상을 수상했으니 책
을 읽어봐야 한다는 의견이 매우 많습니다. 실제로 일본 서점에
방문하면 한강 작가님의 번역서가 진열되어 있습니다.

**Q5. 일본은 지금까지 2명의 노벨문학상 작가를 배출한 국가입니다.
가와바타 야스나리와 오에 겐자부로가 그들인데요. 오쿠다 나오 님은
개인적으로 어떤 작가를 더 좋아하는지요? 이유도 함께 부탁합니다.**

저는 개인적으로 오에 겐자부로를 좋아합니다. 저는 〈인간의
양〉이라는 작가의 글에서 등장인물의 생생한 설정이나 사회풍자
가 느껴졌습니다.

Q6. 무라카미 하루키는 이미 세계적인 작가의 반열에 올라선 인물입니다. 노벨문학상 후보로 매번 거론되는 인물인데요. 일본 내에서 노벨문학상 후보로 거론되는 일본인 작가가 있다면 말씀해주세요.

가와카미 미에코 작가는 아쿠타가와상을 수상했고 미국의 전미 비평가 협회상의 일본 후보로 선정되었습니다. 저도 그녀의 소설을 좋아합니다. 단편소설 〈일요일은 어디로〉라는 작품을 특히 좋아하는데요. 가와카미 미에코뿐 아니라 일본 소설가의 작품이 노벨문학상을 통해 세계로 확산되기를 기대하고 있습니다.

Q7. 일본은 아시아에서 알아주는 출판강국입니다. 저는 올해 봄에 진보쵸 서점거리에 방문했습니다. 여전히 많은 책방들이 보이더군요. 일본 출판계의 현황은 예전에 비해 어떤 상황인지 알고 싶습니다.

저도 진보쵸에 있는 한국 책 전문 북카페에 자주 갑니다. 일본의 출판계는 예전에 비해 시장이 쇠퇴하는 경향입니다. 실제 서점의 숫자가 감소하고 있으니까요. 전자책의 확대로 인해 종이책의 매출이 떨어진 부분이 원인이라고 생각합니다. 서점의 감소는 종이책을 좋아하는 저에게는 슬픈 현실입니다. 출판계의 중흥을 위해 개인적으로는 오프라인 서점을 이용하고 있습니다.

Q8. 저는 30대 시절에 소설가의 꿈을 가진 적이 있습니다. 소설가를 희망했던 가장 큰 이유는 마음껏 글을 쓸 수가 있으며 직업에 정년이 없다는 부분이었는데요. 요즘 일본은 소설가라는 직업을 원하는 젊은 이가 어느 정도일까 궁금합니다.

최근에는 SNS의 발달로 유튜브, 인스타그램, 틱톡 등에서 인플루언서를 꿈꾸는 일본 젊은이들이 많아졌습니다. 하지만 실제로는 안정된 직업을 선택하는 젊은이가 더 많다고 생각해요. 최근에는 직장에서 승진하고 싶어 하지 않는 젊은이를 자주 봅니다. 책임이나 업무량으로부터 자유롭고 싶은 이유 때문이죠. 안정을 원하는 이들이 많아지다 보니 소설가뿐 아니라 큰 꿈을 가진 젊은이가 줄고 있는 안타까운 상황입니다.

Q9. 한국 출판시장에는 다양한 외국어 번역서가 있습니다. 그중에서 시나 소설 장르는 번역이 어려운 분야라고 생각하는데요. 번역일을 하는 오쿠다 나오 님 입장에서 저와 같은 생각인지 알고 싶습니다.

저도 시나 소설을 번역하는 일은 어렵다고 생각합니다. 그 나라에서만 있는 표현이나 말을 모국어로 번역할 수 없다면 작가의 세계관이나 등장인물의 심정을 정확하게 독자에게 전달할 수 없기 때문입니다. 그렇기에 작가와 해당 국가에 대한 이해가 깊지 않으면 완성도 높은 번역을 할 수 없겠지요.

Q10. 일본에는 이미 한강 작가의 책이 번역본으로 나와 있습니다. 오쿠다 나오 님은 앞으로 한강 작가의 책을 읽을 계획이 있는지요? 만약 그렇다면 어떤 책을 먼저 접하고 싶은지도 말씀해주세요.

저는 현재 한강 작가님의 《소년이 온다》를 번역본으로 읽고 있습니다. 5·18 민주화운동을 소재로 한 소설을 읽다 보니 당시의 사회적 배경과 시민의 심정을 어느 정도 알 수 있었습니다. 또한 작품에서 2인칭인 '녀'로 표현하는 부분이 마치 제가 그 상황을 겪고 있는 것처럼 이야기에 몰입할 수가 있었습니다.

한강 작가는 광주가 고향인데 사건 당시에는 서울에 있었기 때문에 책을 쓰면서 사건에 대한 조사를 많이 했다는 사실을 알았어요. 실제로 겪지 않더라도 독자들이 이 사건을 자세히 알았으면 하는 작가의 강한 의지를 느꼈습니다. 저는 이 작품과 함께

5·18 민주화운동에 대한 인터넷 기사 등을 검색하고 있습니다.

Q11. 오쿠다 나오 님은 한강 작가 외에 다른 한국인 작가를 알고 있나요? 만약 그렇다면 어떤 작가의 책을 접했는지 또 어떤 부분이 인상적이었는지도 궁금합니다.

저는 한국에 여행을 가면 매번 서점에 방문합니다. 거기서 구입한 도서가 조유미 작가의 《진짜 모습을 보이면 더는 사랑받지 못할까 봐 두려운 나에게》라는 책입니다. 제목이 마치 저를 표현하는 것 같아서 구입했는데요. 자신의 마음이 견딜 수 있는 만큼만 노력했어야 하는데 마음이 앞서서 과하게 노력했더니 행복하지 않았다는 내용이 인상적이었습니다. 참는 것은 눈에 보이지 않기 때문에 상대방에게 잘 전해지지 않습니다. 작가의 글을 읽으면서 제 마음이 위로를 받은 것 같았습니다.

Q12. 한국에서는 문학상 수상자가 나오면 해당 작가의 신간이 출판시장에서 좋은 반응을 얻는 편입니다. 일본의 출판시장 역시 한국과 마찬가지인지, 그렇지 않다면 어떤 상황인지 말씀해주세요.

일본도 마찬가지로 노벨문학상을 수상한 작가의 작품은 서점 입구나 눈에 띄는 장소에 진열하는 경우가 많습니다. 또한 재고가 금세 없어지는 경우도 발생하는데요. 일본에서는 서점 매대에 설치하는 광고 등의 판촉물인 POP의 비중이 높습니다. 노벨문학상 등의 큰 이벤트가 있을 때는 POP의 사이즈도 크고, 점원의 짧은 독후감이 적혀 있기도 해서 재미있습니다.

Q13. 가와바타 야스나리의 《설국》에서는 자연과 풍경에 대한 아름다운 묘사가 가득합니다. 혹시 외국에서 가와바타 야스나리 스타일의 글을 쓰는 소설가가 있는지요? 만약 있다면 어떤 작가인지 이름과 소개를 부탁합니다.

좋아하는 작가는 아직 없지만 궁금한 작가는 있습니다. 2015년에 노벨문학상을 수상한 스베틀라나 엘렉시예비치인데요. 언론인이자 작가인 그녀의 작품에서는 전쟁을 경험한 여성이나 체르노빌 원전사고 지역에 사는 주민 등 사회와 권력으로부터 방치된 피해자들의 생생한 목소리를 알리고 있습니다. 특히 《체르노빌의 목소리》라는 책은 2011년 일본 후쿠시마에서 일어난 제일원자력 발전소 사고와 겹치는 부분도 있어서 조만간 읽을 예정인

책입니다.

Q14. 제가 가장 감명 깊게 읽은 일본문학은 아베 코보라는 작가가 쓴 《모래의 여자》입니다. 읽는 내내 과연 "과연 인간의 글이 맞는가?"라는 생각이 가시지 않을 정도로 대단한 상상력을 보여준 작품인데요. 일본에서 아베 코보의 인지도는 어느 정도인지 매우 궁금합니다.

아베 코보는 일본에서의 인지도는 그다지 높지 않다고 생각합니다. 독서를 좋아하는 일본인이라면 알고 있는 정도가 아닐까 싶네요. 조사를 해보니 올해 일본에서 《상자남》이라는 아베 코보 원작의 소설이 영화화되었더군요. 일정 팬은 일본에서 있는 것으로 알고 있습니다. 저는 이번 인터뷰에서 아베 코보라는 작가를 처음 알게 되었어요. 다음에 말씀하신 《모래의 여자》를 읽어보겠습니다.

Q15. 일본서점에 가면 표지만 보아도 구입하고 싶어지는 책들이 많습니다. 일본은 책 제작 기술이 대단하다고 생각하는데요. 오쿠다 나오 님은 주로 어떤 장르의 책을 즐겨 읽으세요?

제가 좋아하는 소설의 장르는 논픽션이나 공포입니다. 특히 요즘에는 공포소설 중에서도 모큐멘터리라는 장르에 빠져 있습니다. 이는 픽션을 마치 다큐멘터리처럼 표현하는 장르인데요. 책《긴키 지방의 어떤 장소에 대해서》는 일본의 긴키 지방을 소재로 그려진 호러 모큐멘터리인데 소설보다 더한 공포를 느낄 수 있습니다.

Q16. 일본 시내를 돌아다니다 보면 개인이 운영하는 작은 서점이 보이고는 합니다. 전자책의 시대에 종이책을 판매하는 서점의 풍경이 무척이나 소중하고 아름다워 보입니다. 오쿠다 나오 님은 종이책의 미래에 대해서 어떻게 생각하세요?

전자책이 나온 상황이지만 종이책이 없어지지는 않을 것 같습니다. '디지털 디톡스'라는 말이 있듯이 전자기기를 오래 보고 있으면 눈이나 뇌가 쉬고 싶을 때가 있습니다. 그럴 때 종이책은 적절한 휴식 아이템이라고 생각합니다. 이런 종이책만의 매력이 있기에 일상에 지친 사람들에게 편안함이 되지 않을까 싶습니다. 종이책의 또 다른 매력은 출판사에 따라 종이의 질감이 다르기 때문에 페이지를 넘길 때 손가락의 감촉이 다릅니다. 또 제본 방법도 다르지요. 그러한 오감으로 느끼는 매력이 전자책에는 부족하다고 생각합니다.

Q17. 저는 한국에서 군대를 제대하고 난 후에 서울에 있는 학원에서 일본어를 공부했습니다. 2개월간 공부한 실력으로 간단한 일본어 회화를 하는 수준인데요. 오쿠다 나오 님의 한국어 회화 실력은 어느 정도인가요?

제가 한국어에 관심을 가진 이유는 한국 출신의 아이돌 그룹이 말하는 언어를 자막없이 이해하고 싶었기 때문입니다. 대학에 들어가기 전에는 한국어를 전혀 몰랐어요. 하지만 대학에서 4년간 열심히 공부해서 일상 한국어 회화 정도는 할 수 있게 되었습니다. 지금 이렇게 한국어로 인터뷰를 하고 있다는 사실도 고등학생 시절의 저로서는 상상하지 못했던 부분입니다.

Q18. 일본은 문학뿐 아니라 만화의 강국이기도 합니다. 저도 일본 로봇 캐릭터인 마징가 제트, 그레이트 마징가, 그랜다이저, 철인 28호를 모두 좋아합니다. 심지어 일본 반다이에서 나오는 초합금 로봇 모형까지 수집하는데요. 오쿠다 나오 님은 일본 만화 캐릭터에 관심이

있는지요?

저는 '귀멸의 칼날' 캐릭터를 좋아합니다. 한국에서도 인기가 많다고 들었습니다. '귀멸의 칼날'은 코로나19 시기에 유행을 했는데요. 당시 일본은 집에서 안전하게 즐길 수 있는 만화나 애니메이션의 수요기 증기했습니다. 등장인물인 네즈코와 탄지로의 인연이나 도깨비의 슬픈 과거가 나오는 장면에서는 매번 감동을 받고 있습니다.

Q19. 한국에서는 과거의 문화를 과거의 모양, 정치, 사상, 제도, 풍습 따위로 돌아가거나 그것을 본보기로 삼아 그대로 좇아 하려는 것을 이르는 말인 레트로라는 용어가 인기입니다. 일본에 여행을 가면 레트로의 특징을 살린 문화가 정말 많다고 생각합니다. 종이책이나 서점을 포함해서 일본에서 레트로 문화가 강세인 이유가 무엇일까요?

우선 일본의 매력을 이야기해주셔서 감사합니다. 레트로 문화가 강한 이유는 세 가지가 있다고 생각합니다. 첫 번째는 당시의 건물이나 상품을 소중히 남기고 싶기 때문입니다. 순다방이나 헌책방 등 옛날부터 있던 가게를 닫지 않고 남겨 두었기에 당시의 분위기를 느낄 수 있습니다.

두 번째는 요즘에 헤이세이.쇼와시대가 유행하고 있기 때문입니다. 3년 전 정도부터 일본 젊은이들 사이에서 레트로 붐이 일어나고 있어요. 쇼와 가요와 디지털 카메라가 신선하고 감성적이라고 느끼는 젊은이들의 수요로 인해 일본에서 관련 문화가 계속 확산되고 있다고 봅니다. 저도 친구들과 만날 때에는 순다방에 갑니다. 일본에 오시면 꼭 가보세요.

세 번째는 옛날 일본을 무대로 한 애니메이션, 만화가 워낙 많기 때문입니다. '귀멸의 칼날'은 다이쇼 시대를 무대로 기모노를 입고 있거나 교토의 유곽이 등장하기도 합니다. 이런 이유를 모두 포함해서 일본이 레트로 문화에 강하다는 인상을 받는 것이라고 생각합니다.

Q20. 바야흐로 인공지능의 시대입니다. 인공지능을 이용해서 글을 쓰는 사건도 등장하는데요. 인공지능이 일본 소설가의 자리를 대체할 수 있다고 생각하는지요?

인공지능은 소설가를 대체할 수 없다고 생각합니다. 결정적인 이유는 인공지능은 감정이 없기 때문입니다. 소설이란 등장인물의 심정을 독자에게 전달할 수 있도록 쓰는 것이 중요합니다. 인간의 감정을 데이터로 인공지능에 입력하는 행위는 가능하겠지요. 하지만 인간의 감정은 매우 다양합니다. 그런 섬세한 인간의 감정을 인공지능이 문자로 표현하는 데에는 한계가 있을 것입니다. 인간이 쓰는 소설에는 저자만의 문법이나 표현 방법이 있다고 생각합니다. 저자만이 표현할 수 있는 이야기의 온기나 아름다움을 인공지능이 표현하기는 어렵지 않을까 생각합니다.

한승아

· 역학자 ·

Q1. 안녕하세요? 요즘 근황은 어떤지 궁금합니다.

이봉호 작가님과는 SNS를 통해 자주 소통하고 있어 더 반갑습니다. 요즘엔 작가, 뮤지션, 역사적 인물 등의 역학 콘텐츠에 관한 책, 기후 위기 시대의 계절학 역학, 그리고 차크라, 레이키에 관한 책을 번역 중에 있어요. 상담, 캣맘, 독서, 음악감상, 정원일을 하면서 평안하게 지내고 있습니다.

Q2. 한승아 역학자님은 남양주에서 젠 스튜디오를 운영하고 있는데요. 다양한 손님들이 자신의 운명과 미래를 알기 위해 역학자님의 사업장으로 방문할 것으로 보입니다. 이와 관련해서 재미있는 에피소드가 있다면 부탁드려요.

저는 오랫동안 영어와 관련한 일을 해오며 틈틈이 역학 공부를 하게 되어 45세 이후부터 이 분야에서 상담, 연구, 저술, 번역 등을 하고 있습니다. 정치인부터 살인범까지 다양한 내담자들과 상담을 했는데 모두 다른 이유지만 아파하고 있는 것은 같다는 거예요.

예를 들어 2억짜리 벤츠를 타는 분과 200만 원도 없어 허덕이는 분이 다른 상처를 가졌지만 아픔을 같다는 것입니다. "2억짜리 벤츠를 탄 사람은 무슨 고민이 있을까?"라고 궁금해 하는 분이 있다면 종류만 다르지 그들도 똑같이 아파하고 있다는 것을 말씀드리며 함께 힘내자고 응원하고 싶어요.

Q3 페이스북에서 보면 한승아 역학자님은 영어에도 매우 능통한 독자인데요. 평소 영문학에 대해서도 관심이 많았는지 궁금해집니다.

저의 오랜 소울메이트이자 연인이었던 분이 미국에서 문학상으로 등단한 시인이자 뮤직 마니아였습니다. 그래서 미국 현대문학에 자연스럽게 가까워졌지요. 한강 작가님처럼 깜짝 노벨문학상을 수상하고 한국에 소개되지 않았던 루이즈 글릭(Louise Glück)의 시도 아주 오래전 제 블로그에 최초로 소개했던 기억이 납니다. 저의 우상이었기도 한 칼 융, 프랑소와즈 아르디도 역학을 공부하고 책을 내기도 했었죠. 그래서인지 저도 30대 초반부터 주역, 자평명리학, 오라클 같은 분야를 독학했어요.

Q4. 구스 반 산트 감독의 영화 '파인딩 포레스터'는 글쓰기에 관한 내용이 주를 이룹니다. 저는 이 작품은 지금까지 다섯 번이나 보았는데요. 한승아 역학자님이 생각하는 인상적인 장면은 무엇인지요?

'파인딩 포레스터'는 저도 무척 좋아하는 영화죠. 이 작품에서는 윌리엄과 자말의 많은 지적 대화들이 나오지만 특히 이 대사들이 나오는 장면이 인상적이었습니다.

윌리엄: "작가들이 왜 커피숍에서 책을 읽는지 아니?"

자말: "책을 팔려고 하는 거 아니에요?"

윌리엄: "여자를 유혹하는 거란다."

자말: "여자들이 작가를 좋아해요? 아저씨도 그런 적이 있어요?"

윌리엄: "물론, 저질 책을 쓰면 여자들이 줄을 선단다."

Q5. '파인딩 포레스터'에서 주인공의 글쓰기 스승(숀 코네리 역)은

"초고는 생각하지 말고 쓰라"고 말합니다. 스승의 조언처럼 그리 쉬운 글쓰기 방식은 아닌데요. 한승아 역학자님도 초고를 작성할 때 영화에 나오는 대사처럼 하는지 알고 싶네요.

> 윌리엄: 그냥 키보드를 두드려(Punch the KEYS).
>
> 윌리엄: 정말 최고의 순간이 언제인지 아니? 자신의 초안을 마쳤을 때하고 그걸 혼자서 읽어 볼 때야. 평론가들이 내 작품을 차례로 해체하기 전에 말이지.

윌리엄 작가의 조언처럼 저는 좋은 생각이 떠오를 때 바로 메모를 하고 나중에 정리를 하는 편입니다. 다른 일을 하는 도중에도 관련 키워드를 메모하는 습관이 있습니다.

Q6. 드디어 한국에서도 노벨문학상 수상 작가가 탄생했습니다. 문학을 사랑하는 독자의 입장에서 감회가 어떤지 말씀해주세요.

제가 정말 좋아하는 작가 밀란 쿤데라가 2003년에, 폴 오스터가 2024년에 노벨문학상을 받지 못하고 세상을 떠났을 때 "오히려 더 멋진걸"이라고 생각한 적이 있습니다. 왠지 정말로 좋아하는 작가가 노벨문학상을 수상하면 작가에 대한 환상이 깨질 것 같은 느낌이었어요.

한강 작가의 수상은 전혀 기대하지 않았는데 뉴스를 접한 뒤에 낯설고도 상큼한 기운이 밀려왔습니다. 이번 노벨문학상 후보에는 제가 좋아하는 작가 토마스 핀천도 있었지요. 그런데 모국어 작가인 한강의 수상은 노벨문학상 수상작가인 르 클레지오가 "나의 조국은 모국어"라고 말한 것처럼 너무나 신선한 충격이었습니다.

Q7. 한승아 역학자님은 한강 작가의 〈채식주의자〉를 인상 깊게 읽었다고 말했는데요. 구체적인 내용과 이유에 대해서 설명해주세요.

저는 한강 작가의 〈채식주의자〉에 열광했던 원년 독자입니다. 오래전부터 유기견, 식용견 등을 위한 사료 기부 등의 봉사활동을 했었기에 이 작품이 나왔을 때 저의 SNS에 채식주의자 발췌문과 함께 동물권에 대한 이야기를 올렸죠. 이 책이 데보라 스미스의 번역으로 해외에서 크게 입소문이 나는 과정을 지켜보았습니다.

Q8. 다음으로 한강 작가의 시집 《서랍을 저녁에 넣어 두었다》를 언급하셨습니다. 이 책에서 가장 마음에 드는 시 3개를 추천한다면요?

〈마크 로스코와 나〉, 연작시 〈피 흐르는 눈〉 그리고 1993년 발표한 〈얼음꽃〉이란 시를 추천하고 싶어요.

Q9. 문학에서 시와 소설은 성격이 매우 다른 장르인데요. 한강 작가의 시와 소설 중에 어떤 장르를 더 좋아하는지요? 그 이유도 함께 부탁드립니다.

한강 작가님은 시인으로 출발하셨던 분이지만 저는 〈채식주의자〉라는 작품으로 가까워졌습니다. 한강 작가 특유의 인간의 밑바닥 본능과 본성, 폭력과의 경계에 관한 철학적 질문들이 기억에 남습니다.

Q10. 노벨문학상 작가의 작품 중에서 마음에 들어하셨던 소설을 알고 싶습니다. 가능하면 2편 이상 말해주세요.

한강 작가의 수상 소식에 첫 번째로 떠오른 수상 작가는 엘프

리데 옐리네크의 《피아노 치는 여자》입니다. 2001년 칸 국제영화제 심사위원 그랑프리 및 3관왕 작품 피아니스트가 이 작품이 원작이에요. 요새 많이 화자 되는 가스라이팅, 비정상적인 통제와 그 사이의 숨겨진 욕망을 탐색하는 그녀의 작품은 여성 수상작가로서뿐만 아니라 경계에 관한 수많은 질문이라는 점에서 한강 작가의 수상에 제일 먼저 떠올랐어요.

두 번째로 떠오른 작가의 작품은 도리스 레싱의 《황금 노트북》입니다. 그녀는 의식과 무의식, 정신과 육체, 진실과 허구, 이성과 감성, 남성과 여성 등에 관한 눈부신 질문을 하는 작가입니다. 페르시아(현재의 이란)에서 태어난 도리스 레싱은 최고령 노벨문학상 수상자로 당시 그녀의 나이는 88세였습니다.

세 번째로는 노벨문학상 수상 소식에 집 앞으로 모여든 기자들을 무표정하게 창문으로 바라보던 눈동자가 기억나는 1969년도 수상작가 사뮈엘 베케트의 〈최악을 향하여〉입니다. 나의 삶의 만트라(주문)가 되어버린 책의 한 구절입니다.

"무난함을 선택하고 삶은 불행해졌다. 그러니 부디 불행을 선택하라. 어차피 인생은 바람 부는 대로가 아닌지."

Q11. 이제 한국도 세계적인 작가를 배출한 아시아 문학의 대표국가로 자리 잡았습니다. 차기 노벨문학상 후보라고 생각하는 한국 작가가 있다면요? 선정한 이유도 함께 알고 싶습니다.

김혜순 시인과 황석영 작가가 노벨문학상 후보로 자주 거론되지만 젊은 작가들 중에 김연수, 배수아 작가님의 수상을 기원하고 있습니다.

Q12. 저는 종이책과 친한 세대입니다. 그래서 지금도 전자책을 이용하지 않고 있는데요. 한승아 역학자님이 생각하는 전자책과 종이책의 차이점에 대해 말씀해주세요.

저도 작가님이랑 문화예술 방면의 씽크로율이 높은 사람입니다. (웃음) 저 또한 종이책을 읽거나 LP, CD, 테이프 등으로 음악 듣는 것을 좋아합니다. 저는 특별한 경우를 제외하고는 TV를 안 본 지가 30여 년이 넘었어요. 생각해보니 그냥 브라운관을 쳐다보고 있는 수동적인 상태가 지루하기 때문인 듯해요.

이제는 많은 이들이 LP, CD, 테이프를 뒤집고 돌리고 하는 시간과 노력이 귀찮아 디지털 음원을 선호하는 것 같은데요. 저는 그 반대의 이유로 피지컬 포맷을 좋아하는 것 같습니다. 마찬가지로 종이책의 페이지를 넘기고 종이의 질감과 바스락거리는 소리 자체를 좋아합니다.

Q13. 작가와 사생활에 관한 질문인데요. 유명한 작가는 반드시 그에 준하는 타의 모범이 되어야 할까요? 이 질문은 문학뿐만이 아니라 다른 예술 장르에도 적용할 수 있는 질문이라고 생각합니다.

선과 미를 동일시했던 고대부터 예술가의 도덕적 윤리는 커다란 논쟁거리이자 화두였습니다. Beautiful의 그리스 어원은 Kalon 인데요. 이는 선과 미의 합성어로 단순히 "아름답다"와는 조금 다른 의미였어요. 예술이 천재의 광기에 의한 개인적 산물인지 아니면 경제, 사회, 종교, 과학 등의 영향 아래 나타나는 사회적 선과 도덕을 증진시키는 근원으로 파악해야 하는가에 관한 의문은 여전히 어려운 과제라고 생각해요.

Q14. 한승아 역학자님은 문화예술 전반에 대해 많은 지식을 가지고 있는 분입니다. 좋아하는 한국과 외국음악가를 각각 5명씩 장르에 관계없이 말씀해주세요.

한국 음악가는 김민기, 김두수, 신해철, 유재하, 조동진.

외국 음악가는 밥 딜런(Bob Dylan), 브라이언 이노(Brian Eno), 빌 에반스(Bill Evans), 데이비드 보위(David Bowie), 너바나(Nirvana).

야구를 좋아해서인지 B로 시작하는 이름이 세 개네요. (웃음)

Q15. 한강 작가의 글에는 상징과 암시의 문장이 자주 등장합니다. 개인적으로 생각하는 작가의 글에 대한 매력을 언급한다면요?

노벨문학상 선정 사유에서 "역사적 트라우마에 맞서고 인간의 삶의 연약함을 드러낸 강렬한 시적 산문"이라는 대목이 나오죠. 시적 산문(Poetic prose)이란 문학에 관한 철학적 질문의 울림이 점점 커지는 지점이라고 생각해요. 동물과 식물의 경계, 산 자와 죽은 자의 경계, 생명체와 사물의 경계에 관한 질문들이요.

한강 작가의 글이 외국에서 엄청난 반응을 얻은 것도 주목할 만한 부분입니다. 그녀의 작품은 번역하기에 멋진 문장, 멋진 소재들이 많습니다. 외국 독자들은 그녀의 문체와 초현실적 감성이 압도적 충격이라고 평하더군요. 한강의 문학에서는 등장인물의 의식의 흐름을 심리적, 본질적, 철학적, 자연적으로 구체화한 질문과 함께 균열, 상처, 치유에 대한 사유로 가득합니다.

Q16. 저는 지금까지 해온 독서가 글쓰기와 삶에 엄청난 영향을 줬다고 생각합니다. 한승아 역학자님의 입장에서 독서란 어떤 의미를 가질까요?

책과 음악은 제게 쏘울 푸드입니다. (웃음) 이는 어떤 요리보다 더 맛있는 존재이죠. 저의 오감은 미각보다 지각에 충실한 듯합니다. 밥은 배고프면 대충 시장기만 채우면 되는데 책과 음악의 허기는 저를 항상 더 나은 시원이나 방향으로 이끌어 왔습니다. 이를테면 역학에서 말하는 천간 내 생각, 나아갈 방향, 양기 보충이 나침판 역할을 하는 것처럼요.

Q17. 과거 관심이 많은 작가의 전작을 수집했던 기억이 있습니다. 사실 전작 수집은 모든 작품이 마음에 들지는 않을 수도 있는데요. 전작 수집가에 대한 의견이 있다면 부탁드립니다.

전작 수집은 주로 뮤지션의 음반 위주로 많이 했지만 작가도 몇몇은 예외는 아니었어요. 밀란 쿤데라, 다자이 오사무, 마루야마 겐지 등은 아예 영문판에서 일어판까지 모조리 사는 덕후 기질을 유감없이 발휘했죠. (웃음)

역학에서 창고가 열리고 닫히는 진술축미 대운이라는 용어가 있어요. 언급한 대운이 일찍 오는 분들도 있지만 대부분 50, 60대에 오는 편입니다. 이는 살아온 삶의 창고가 열리는 시간이라고 말합니다. 삶의 큰 변곡점이 이때에 일어나곤 하죠. 제 생각의 창고 안에는 책, 음반, 영화들이 가득합니다. 키케로의 "수집한 책과 정원이 있는 사람은 아무것도 필요하지 않은 사람이다."라는 말처럼요.

Q18. 저는 책 3~5권을 동시에 읽는 습관이 있습니다. 글쓰기 때문에 그런 습관이 생겼는데요. 한승아 역학자님도 같은 성향인지, 아니면 한 권을 오랜 시간 정독한 후에 다음 책을 선택하는지 말씀해주세요.

저 또한 이봉호 작가처럼 3~5권의 책을 번갈아 가며 읽는 스타일입니다. 책과 음악을 저의 쏘울 푸드라고 말씀드렸듯이 다양한 반찬을 차려놓고 조금씩 번갈아 섭취하는 것을 좋아합니다.

Q19. 한국에도 수많은 문학상 제도가 존재합니다. 요즘도 이상문학상을 비롯한 수상작품집이 나오는데요. 감명 깊게 읽었던 한국 문학상 수상 작품이 있다면 2개 이상 언급해주세요.

〈뒹구는 돌은 언제 잠 깨는가〉 **이성복, 1982년 김수영 문학상 수상작**

　세월호 때 다시 회자되기도 한 구절인 "모두 병들었는데 아무도 아프지 않았다"는 2024년 겨울에도 유효합니다. 무서울 정도로 내면에 집중하고 있는 이성복 시인의 시집은 그 시절의 시대적 아픔을 넘어서고 있습니다.

《나그네는 길에서도 쉬지 않는다》 **이제하, 1985년 이상 문학상 수상작**

　이제하 작가의 실험적인 소설은 마치 짐 자무시 감독의 영화 '천국보다 낯선'처럼 로드 무비 같아 보이죠. 시대를 앞선 실험정신이 강한 작품이라 기억에 남습니다

Q20. 한승아 역학자님에게 문학이란 어떤 의미를 가질까요? 만약 문학이 존재하지 않는다면 인류의 삶은 어떻게 달라졌을지 궁금해집니다.

　제게 있어 문학과 음악은 사람, 자연, 아름다운 것들에 대해 더 가까워지게 하고 삶을 풍요롭게 하는 주문과도 같은 것입니다. 문학은 모방이나 반복을 하지 않고 목적을 형상화시키기 위해 갈망하며 나아가는 여정과도 같아요. 오스카 와일드는 "19세기는 발자크의 발명품"이라고 했듯이 문학은 우리 삶을 풍요롭게 할

뿐만 아니라 인류가 앞으로 나아가는 방아쇠 역할을 해왔다고 할 수 있습니다.

문학이 없었다면 인류는 반복, 모방에 지나지 않았을 듯해요. 옛날 과거시험은 한시로 알고 있는 것을 총망라 요약하는 일종의 에세이 시험이었습니다. 그래서 문학적, 인문학적 소양이 없는 응시자는 장원급제를 못하게 되어 있었어요. 영문학을 공부하고 작가이기도 한 요리사 에드워드 리가 많은 관심을 받은 데에는 그가 만든 음식보다 삶의 진지한 성찰이 담긴 철학적 워딩 때문이었지요. 디지털 문명으로 책과 멀어지는 세상이 걱정되는 이유이기도 하고요.

이승희

· 출판사 대표 ·

Q1. 안녕하세요? 먼저 소개를 부탁드립니다.

안녕하세요? 저는 버터북스에서 책을 만들고 있는 이승희라고 합니다. 민음사와 김영사 등을 거쳐 얼마 전 독립을 했고, 편집 일을 한 지는 20년이 넘었습니다. 그러고 보니 인생의 절반 남짓을 책을 만들며 살아온 것 같네요.

Q2. 이승희 대표님과의 인연은 작가 에두아르도 갈레아노 때문이었죠. 그는 제가 무척이나 존경하는 작가인데요. 지금도 전작을 소장하고 있습니다. 멋진 책을 만들어주셔서 지금도 고마운 마음입니다. 에두아르도 갈레아노 신간의 반응은 어떤지 궁금합니다.

에두아르도 갈레아노 작가의 삶과 문학을, 그가 젊은 시절 보여준 뾰족한 분노와 말년에 보여준 연민 깃든 포용을 깊이 존경합니다. 저는 어쩌다 보니 대형 출판사에서 일하게 되었는데, 이런 경우 맡은 분야의 책만 내야 한다는 한계가 있어요. 갈레아노의 신간은 줄곧 문학 분야만 맡아온 제가 만든 첫 인문 분야 책입니다.

《오늘의 역사 역사의 오늘》을 만들며 이렇게 예상했습니다. 한국의 독자는 너무나 적고, 라틴아메리카 출신의 저자가 낸 책이 폭발적 반응을 얻을 순 없을 거라고. 하지만 그의 책을 알아봐주는 눈 밝은 사람들이 있을 것이고, '시즌'을 타는 책도 아니니 천천히 오래 사랑받을 수 있을 것이라고 말입니다. 그리고 딱 예상한 만큼의 반응을 얻었습니다. 그는 훌륭한 작가이고, 비록 초보 출판사를 만났지만 그의 책이 훌륭하지 않을 수는 없었을 테니까요.

Q3. 이승희 대표님은 버터북스라는 출판사을 운영하고 있습니다. 버터북스를 차리면서 겪은 에피소드가 있다면 설명을 부탁합니다.

《도서관에는 사람이 없는 편이 좋다》의 저자 우치다 다쓰루가 "독자는 책이 쓰인 후에야 비로소 창조된다"는 취지의 말을 했는데, 회사에 다닐 때 그런 구절을 읽었더라면 공감하기 힘들지 않았을까 싶습니다. 우리가 사는 세상은 우리를 소비자로 길들이기에 바쁘고, '제조업'으로 분류되는 출판을 할 때조차 생산자로 살아가고 있다는 감각을 갖기 힘들죠. 전에 하던 일과 크게 다르지 않은 일을 하지만, 지금은 생산자로서의 저 자신을 더 많이 인식합니다. "독자는 정말로 책이 나온 후에야 발명되는 것이구나" 하고 느낍니다.

Q4. 버터북스를 차리기 이전에 대형 출판사에서 문학 담당 업무를 오래 했다고 알고 있는데요. 당시에 어떤 책을 직접 기획하거나 출간했는지 설명해주세요.

주로 영미 유럽권 소설과 국내문학 파트를 맡았습니다. 주요 편집 도서로는 《형사 해리 홀레 시리즈(전 12권)》와 최연소 맨 부커 국제상 수상작인 《그날 저녁의 불편함》과 영화화되기도 한 《캣퍼슨》, 정호승 시인의 《수선화에게》, 《내 인생에 용기가 되어준 한마디》 등이 있습니다.

Q5. 문학도서는 출판사 담당자의 입장에서 다른 책보다 글을 고치거

나 추가하는 데 어려움이 많을 것으로 예상합니다. 당시의 경험담과 함께 이승희 대표님의 의견을 말해주세요.

편집의 어려움은 모든 분야의 책에서 동일할 거라고 생각하지만, 문학 분야의 경우 저자와 초기 단계에서 가능한 한 많은 소통을 하는 것이 도움이 되었습니다. 편집이 여러 단계 진행되기 전에 원하는 방향성을 설정하고 톤을 맞추고 나면 그 후의 일은 자연스럽게 쉬워집니다. 멋진 답변을 하고 싶었는데 너무 솔루션 같은 답변을 한 것 같네요.

특기할 만한 게 있다면, 요즘은 젠더 감수성에 대해 문의하는 저자가 무척 많다는 것입니다. 조언을 드릴 때면 늘 조심스러운 마음이지만, 한번은 경력 50년이 넘는 저자께서 제가 말씀드린 부분 외에도 약간 애매했던 부분까지 모두 수정해주신 기억이 있어요. "왜 그때는 이게 이상하게 안 보였는지 모르겠다"고 저자가 말씀하신 기억이 납니다.

Q6. 노벨문학상의 열기가 아직도 뜨겁습니다. 출판 전문가의 입장에서 한국의 출판시장이 다시 살아날 수 있을지 말씀해주세요.

다시 살아난다는 것은 이미 죽었다는 사실을 전제로 한 것 같습니다. (웃음) 한국 출판의 어려움은 원인이 아닌 결과라는 생각이 듭니다. 책은 '극한의 롱폼 콘텐츠'이고 독서는 일정한 환경, 적극적인 행위와 개입을 필요로 하죠. 출판을 살린다고 독서 문화까지 살린 순 없다는 이야기입니다.

하지만 책과 독서는 '닭과 달걀'과는 달리 순서가 명확하죠. 책이 있어야 독서도 살아날 수 있습니다. 비슷한 경제 지표를 가진 나라들과 비교해 한참 뒤떨어지는, 아니 아예 역방향으로 가고 있는 한국에서 저 같은 초보 출판인이 아직 망하지 않았으니 출판 지원을 두텁게 한다면 얼마나 크게 발전할 수 있을까요. 희망이 없지 않다고 봅니다.

Q7. 《소년이 온다》를 포함한 한강 작가의 작품은 현대사에 관한 고찰이 담겨 있습니다. 대표님의 취향은 역사와 개인이라는 명제 중에서 어떤 성향의 문학작품에 손이 더 가는지 알고 싶습니다.

역사를 내세운 책을 즐겨 읽던 시기도 있고, 개인적인 고뇌에 초점을 맞춘 책을 찾던 시기도 있지만, 요즘은 조금 생각이 달라졌습니다. 좋은 문학작품은 개인과 시대를 연결한 책이라고 생각하게 되었고, 개인적 고뇌에서 역사적 배경을 찾기도 하고 그 반대를 보기도 합니다.

강상중 선생은 이렇게 말했어요. "인간은 자신이 살아가는 사회나 시대와 무관하게 존재할 수는 없다. (중략) 시대가 병들어 있는데 인간에게 건강하게 살라는 것은 잘못이다." 그럼에도 "어떤 폭풍에도 꺾이지 않는 한 줄기 갈대와도 같은 마음의 힘이 필요하다"고 합니다. 그런 의미에서 현대사에 대한 고찰이 담긴 셰한 카루나틸라카의 《말리의 일곱 개의 달》을 추천합니다.

Q8. 한강 작가는 〈채식주의자〉를 포함해서 소설에서 상징을 잘 다루는 작가입니다. 한국 현대문학에서 상징이란 어떤 의미인지, 어떤 요소로 작용하는지 조언 부탁드립니다.

좋은 책을 읽으면 어느 순간 그것이 자신의 경험처럼 느껴지는데, 그때가 만족감이 가장 큽니다. 문학작품은 작가가 쓰는 동안에만 작가의 것이고 작가가 펜을 놓은 후에는 철저히 독자의 것이라는 말이 있는데, 그것을 기능케 하는 도구기 바로 상징이 아닐까 합니다. 독자가 작품을 받아들여 자신의 것으로 만드는 일은 생각해보면 거의 불가능에 가까운 현상이죠. 하지만 작가들은 상징을 통해 그 일을 해내는 것 같습니다. 한국 현대문학뿐만 아니라 어느 나라, 어느 시기의 문학에서도 상징의 역할은 같다고 생각해요.

Q9. 기성작가마다 글을 다루는 특징이 있는데요. 한강 작가는 소설, 산문, 시 모두를 저술한 인물입니다. 기술한 3가지 문학 장르는 고유한 특성이 있는데요. 이승희 대표님이 보는 장르별 차이점을 설명해 주세요.

저 역시 한 사람의 독자이기에 향유하는 입장에서 말씀드리면, 한강 작가님은 소설과 산문과 시에서 한결같이 '진실을 쓰고 있다'고 말하는 것 같습니다. 진실 뒤에 서지도 않고 스스로 진실이 되어 서 있는, 작가 앞에서 독자는 연약함과 강인함을 동시에 느낍니다. 그렇게 할 수 있는 작가는 많지 않을 것입니다.

Q10. 외국 출신 노벨문학상 작가의 책은 대중성이라는 면에서는 어느 정도 거리가 있다고 생각합니다. 물론 나중에 무라카미 하루키가 노벨문학상을 받는다면 이야기가 조금 달라지겠지만요. 만약 이승희 대표님이 노벨문학상 심사위원이라면 대중성과 실험성 중에서 어디에 무게를 두고 싶으세요? 그 이유는요?

좋은 작가라면 대중성과 실험성을 두루 갖고 있지 않을까 생각합니다. 예로 드신 무라카미 하루키 역시 그렇고요. 그러나 좋은 작가를 사랑하고 그의 작품을 탐독하는 것과 상을 주는 것은 다르겠지요. 만일 저에게 무한한 권한이 주어진다면 저는 대중성과 실험성을 두루 갖춘 작가 중 저항성을 보여준 작가에게 상을 주고 싶습니다. 강상중 선생처럼 이야기하자면 '폭풍에도 꺾이지 않는 한 줄기 갈대와 같은' 작가를 찾겠지요. 그런데 써놓고 보니 올해 노벨상 선정위원회도 그 같은 기준을 두고 선택한 것 같습니다.

Q11. 한강 작가의 책 중에서 이승희 대표님이 특별히 아끼는 책은 무엇인가요? 이유도 함께 설명해주세요.

《희랍어 시간》입니다. 언어로 표현할 수 없는 것을 언어로 담으려 한 작가의 담대함이 빛난다고 생각해서입니다.

Q12. 앞으로 한국 작가의 작품이 세계에 알려질 기회가 많이 열려 있다고 생각합니다. 대표님이 노벨문학상 수상을 기대하는 차기 한국 소설가가 있다면 누구인지요? 배경과 함께 부탁드립니다.

한강 작가님이 10년쯤 후에 받지 않을까, 하고 막연히 생각해 온 게 전부라 수상을 기대하는 다른 작가는 지금으로서는 없습니다.

Q13. 노벨문학상의 권위는 지금도 대단합니다. 그만큼 세상의 주목을 받는 행사이기도 한데요. 비공개로 진행하는 선정 과정이 개인적으로 궁금하기도 합니다. 이승희 대표님의 시각으로는 해당 선정 과정이 공정하다고 생각하는지요?

모두를 만족하는 상이나 모두를 설득할 만한 기준 같은 것은 없다고 생각합니다. 그럼에도 노벨상 선정위원회는 최고의 문학상이 갖는 무게를 잘 알고, 그것이 무엇을 제시하는지까지 인지하고 있는 것 같습니다. 그 기준 안에서 숙고하고 숙론한 멋진 결과라고 생각합니다.

Q14. 한국어로 쓰여진 문학작품을 세계에 소개하는 일은 쉽지 않습니다. 출판사업가로서 앞으로도 번역서를 출간할 계획이 있는지요? 계획이 있다면 어떤 장르의 신간을 원하는지요?

한국 작품을 해외에 소개할 계획을 질문하시는 것 같은데 물론 생각이 있습니다. 회사를 다니던 시절에도 한국 작가들의 작품을 해외에 소개하는 자료를 많이 만들었고요. 독립한 지금은 더더욱 이 같은 작업이 필요하다고 생각해서 출판진흥원의 '수출 아카데미'도 수강하였습니다. 지금 준비하고 있는 것은 내년에 나올 소설과 청소년 소설입니다.

Q15. 제가 알기론 한국에서 노벨문학상 수상 작가의 책이 저자에 따라 반응의 차이가 크다고 알고 있습니다. 여기에서 반응이란 국내 판매 부수로 포함하는 의미인데요. 실제로 그러한지 알려주세요.

수상 전 어느 정도 대중성과 코어 팬층을 확보한 작가, 이를테면 아니 에르노와 가즈오 이시구로의 경우 어느 정도 '노벨상 특수'를 누릴 수 있는 것은 사실입니다. 노벨문학상을 받았다고 꼭 한국에서 뜨겁게 사랑받아야 한다고 생각하지는 않습니다. 그렇지만 한 해에 단 한 명만 받을 수 있는 상임에도 아직 출간되지 않은 작품이 많은 현실을 보면 조금 씁쓸해집니다.

Q16. 혹시 기회가 생긴다면 이승희 대표가 아닌 이승희 저자로 책을

쓸 의향이 있는지요? 그렇다면 어떤 내용의 책을 내고 싶은지요?

편집자 생활을 하며 좋은 글과 그렇지 못한 글을 두루 보게 되는데, 기회가 생겨서 짧은 글이라도 써보면 제 글이 그동안 그렇게 욕했던 안 좋은 글이라는 사실을 깨닫고 절망하게 됩니다. 문학적인 텍스트를 직접 쓰고 생각한 적은 없지만, 커피나 요가 등 재미있게 생각하는 주제에 대해 편하게 써보고 싶은 마음은 있습니다.

Q17. 이번에는 좀 무거운 질문을 드립니다. 문학을 포함한 한국 출판계가 고전을 한다는 뉴스가 들리는데요. 앞으로의 출판시장을 예상한다면요?

이런 무거운 이야기를 들어도 딱히 이렇다 할 느낌이 없습니다. 사실 제가 출판계에 들어온 후로(아마도 그전에도) 단 한 번도 무겁지 않은 때가 없었기 때문입니다. 스포츠에 얻어터지고, 선거에 두들겨 맞고, 불경기에는 가장 먼저 버려지지만 아직까지 오긴 왔으니 한국 출판계는 맷집이 대단하죠. 앞으로도 그렇게 갈 수 있다고 생각합니다. 하지만 진정한 '문화 선진국'을 원한다면 정부 차원의 전폭적인 지원이 필요합니다.

Q18. 버터북스라는 이름이 참 재미있습니다. 개인적으로 버터에 구운 고기를 좋아 하는데요. 요즘은 건강 때문에 버터를 자주 섭취하지는 못합니다. 출판사 이름을 정한 계기나 연유에 대해서 설명해주세요.

독립을 하기로 마음먹고 이런저런 의미있는 이름을 지어봤는데 주변에서 "구한말 지식인 같은 이름 좀 그만 지어!"라고 해서 한숨을 쉬며 버터를 먹다가 지은 이름입니다. 사실 좋은 버터는 건강에도 좋고, 버터를 정제한 기 버터는 요가 구루들이 추천하는 '요가적인 음식'이기에 건강의 부담은 내려놓고 당당하게 지었습니다.

Q19. 이승희 대표님은 평소 요가에 관심이 많은 분이라고 알고 있는데요. 그래서 요가와 관련한 책을 출간하기도 했죠. 앞으로의 출간 계획이 궁금합니다.

요가 철학을 공부하며 "이런 책이 있었으면" 하고 바랐던 책인 《언어의 요가》를 출간했는데요, 여성으로서 노년을 준비하는 데

도움이 될 만한 갱년기에 대한 요가 책도 준비하고 있습니다. "회사에 다니면서 만들던 책과 비슷비슷한 책을 낸다면 굳이 독립한 의미가 있을까?"라는 생각이 들어요. 지금은 저만 만들 수 있는 책, 제가 읽고 싶은데 남이 안 만들어주는 책을 내고 싶습니다.

Q20. 마지막으로 대표님에게 '책'이란 어떤 존재인가요?

책은 제가 가장 사랑하는 친구이지만 출판계에 들어오고 나서는 '일로 만난 사이'가 되어버린 것도 사실입니다. 퇴사를 하고 이루고 싶은 목표 중 하나가 '책과의 관계 회복하기'였습니다. 가능한 한 인터넷 서점에서 책을 사지 않고, 작은 서점에 가서 구입한 책을 분위기 좋은 곳에서 계획을 세워 읽는 등 거의 테라피에 가까운 노력을 들였는데, 덕분에 절반쯤 회복한 것 같아요.

김광명

Q1. 어려운 시간 내주셔서 감사합니다. 김광명 사서님은 직장이 도서관인데요. 늘 책과 가까이하는 삶이 바람직해 보입니다. 도서관 근무 경력은 어느 정도 되시나요?

반갑습니다. 사서 김광명입니다. 저는 2010년부터 도서관에 근무했습니다. 사서가 천직이라고 여기며 일을 했지만, 뜻하지 않은 개인 사정으로 지난 2년간 휴직을 했습니다. 현재 대전시 산하 공공도서관에서 근무하고 있습니다.

Q2. 도서관 사서로 일하면서 생기는 에피소드를 부탁드립니다. 가급적 책이나 독서랑 관련된 내용이면 좋겠습니다.

몇 년 전의 일인데요. 어떤 이용자분이 오셔서 책 안쪽에 낙서가 많다고 하면서 "도서관 직원이 뭐 하는 사람입니까? 반납받을 때 일일이 페이지를 넘겨 다 확인하고 받으세요!" 하고 화를 냈습니다. 도서관이라는 장소는 겉보기에는 아주 고요하지만, 사실 해리 포터가 다니는 학교처럼 마법의 순간들로 이루어진 곳입니다.

사서는 때때로 폭력적인 언행을 취하는 이용자를 만나기도 하고, 큰 책, 작은 책 분류하여 꽂으라는 황당한 요구를 듣기도 합니다. 당시 저는 화가 난 이용자를 사무실로 모셔 모과차를 타 드렸습니다. 그리고 매번 방문하실 때마다 "안녕하세요. 날씨가 좋죠?" 하고 밝게 인사드렸습니다. 그 후로는 건의사항이 있다고 해도 사람들 앞에서 큰 목소리를 내지는 않으셨지요.

물론 도서관은 상냥하고 지적인 이용자를 만나는 행운을 누리기도 하는 공간이지요. 덥거나 추운 날 편안하게 책 읽기, 스마트 교육, 인터넷 사용, 오디오 북, 최근엔 OTT 이용까지 가능합니다. 우리나라에도 일본 '다케오' 도서관을 벤치마킹한 '별마당도서관'이 생기면서 문화공간과 도서관의 개념이 점점 허물어지고 있습니다. 지금은 대부분의 도서관이 이용자가 어떤 기분으로 찾더라도 사람을 편안하게 만드는 공간으로 바뀌고 있습니다.

Q3. 저는 매달 동네 도서관에 갑니다. 예전에는 글쓰기 강의를 하러 방문했고 요즘은 자료를 찾기 위해 방문하는데요. 도서관 이용객의 책 신청 외에 어떤 방식으로 신간 도서를 구비하는지 알고 싶습니다.

희망도서 제도는 이용자의 의견을 빠르고 정확하게 반영하는 좋은 제도입니다. 보통 신간 및 베스트셀러를 많이 신청하지요. 희망도서는 무조건 받아들여지는 것이 아니라 적합한 기준에 부합할 때 구입합니다. 그 외에 도서관에서는 분야별로 비율을 맞추어 다양한 양서수집 방법을 택하는데요. 독서 경험이 많은 사서나 전문가의 추천, 국내외 유수한 단체의 수상작, 교과 관련 우수도서, 세종도서나 책씨앗, 출판물 위원회 등 권위 있는 기관의 추천작을 수서하기도 합니다.

Q4. 이제부터 본격적으로 노벨문학상에 대해서 질문하겠습니다. 이번 한강 작가의 수상을 기점으로 한국문학을 세계에 알릴 기회가 왔는데요. 김광명 사서님이 평소 주목하는 한국의 신인 소설가는 어떤 인물이 있을까요?

사서의 입장에서 보면 도서관에서의 대출 순위를 먼저 염두에 두지 않을 수 없는데요. 2024년 11월 현재 가장 화젯거리인 작품은 정지아 작가의 《아버지의 해방일지》입니다. 그리고 신인 작가는 아니지만 정유정 작가는 여러 권이 대출 순위에 올라온 작가인데요. 《완전한 행복》, 《종의 기원》, 《영원한 천국》이 꾸준히 대출되고 예약 순위에도 올라와 있습니다. 박상영 작가의 《대도시의 사랑법》과 김호연의 《나의 돈키호테》도 반응이 좋습니다.

마지막으로 노벨문학상에 이름을 올릴 만한 작가를 꼽으라고 하면 조해진 작가를 말씀드리고 싶습니다. 제 개인적 취향으로는 권여선 작가를 아주 좋아하고 취향에도 맞습니다만, 노벨문학상은 아무래도 역사적 혹은 철학적 메시지가 담겨 있을 때 세계적인 명작이 된다고 생각됩니다. 조해진 작가는 난민, 소수자, 폭력에 노출된 사람들을 주인공으로 내세워 휴머니즘을 표방한 소설들이 상당히 인상적이었습니다. 《완벽한 생애》와 《로기완을 만났다》, 《홀》, 《여름을 지나가다》, 《단순한 진심》 등 조해진 작가라면 충분히 승산이 있다는 생각을 하고 있습니다.

Q5. 이미 세계적으로 유명해진 한국의 음악과 영화에 이어 본격적으

로 한국문학이 발돋움할 수 있는 기반인 작가의 저변이 확보되었다
고 볼 수 있을까요?

제가 과학적인 접근은 할 수 없습니다만 무엇인가가 유행하게
된다면 그것은 감으로 오는 것으로 생각합니다. 로제의 노래를
부르는 이들이 표준 영어가 아닌 "아파트 아파트"를 외치는 것처
럼 그것은 하나의 흐름이고 느낌이 아닐까 합니다.

**Q6. 그렇다면 아시아에서 한국의 노벨문학상 수상이 비교적 늦은 이
유에 대해서 말씀해주실 수 있을까요?**

노벨문학상 수상이 뒤늦은 이유에 대해 번역의 문제를 언급하
는 것을 보았습니다. 한국어의 특성상 너무나 다양한 의성어, 의
태어, 높임말, 줄임말 또 실제 발음의 뉘앙스와 느낌을 살려 외국
어로 번역하는 것은 심히 어려운 일일 것입니다. 인터넷의 발달
로 독서 인구가 줄었다고는 하지만 여전히 우리는 아름다운 언어
의 민족입니다.

가슴 속에 김소월과 한용운을 흥얼거려 보지 않은 일생이 있

을까요? 저는 청소년기를 거쳐 중장년이 되기까지 이외수 작가의 《장외인간》과 《벽오금학도》를 읽으며 문학이 주는 카타르시스를 알았고, 배수아, 김형경, 강석경 작가의 책을 읽으며 여성 작가들의 눈부신 문체에 빠져 아픔의 시간을 삼켰습니다. 이제 한강 작가로 인하여 물꼬가 트였고 번역의 문제에 관심을 기울이는 분들이 많아질 것으로 생각합니다.

Q7. 2024년 노벨문학상 결과를 발표한 이후 일하시는 도서관에서 한강 작가의 책을 대여하려는 이들이 많아지지 않았나요? 그렇다면 주로 어떤 책을 대여하거나 예약할까요?

노벨상 수상 소식이 알려짐과 동시에 한강 작가의 모든 책이 예약이 걸려서 대출까지 한 달 이상 기다려 책을 빌려보는 이용자가 많아졌습니다. 또한 대여보다 구매를 택하는 사람들도 늘어났겠지요. 지금까지 가장 많은 대출 건수를 기록한 한강 작가의 책은 《채식주의자》입니다.

뒤이어서 《소년이 온다》를 많이 대출하는데 다소 어둡고 묵직한 주제라 읽기에 어려워하는 독자들이 많아 보입니다. 현재 많은 도서관에서 한강 작가의 책 중 복본이 많지 않아 한두 권만 소장한 책들은 관외 대출을 막고 관내 열람을 지정해두고 있는데요. 그만큼 인기가 대단한 까닭이겠지요.

Q8. 한강 작가의 작품 중에서 제일 먼저 추천하고 싶은 작품이 있는지요?

《소년이 온다》를 추천합니다. 5·18 민주화운동은 사실 소설보다 영화로 자주 접하게 되는데요. 이전에 영화 '꽃잎'을 보면서 참 많이 아팠던 기억이 납니다. 읽기에도 통증이 필요한 작가가 한강이라고 생각합니다. 타인의 아픔을 공감하는 것에서부터 문학 작품의 효용이 발생하는 것이 아닐까요?

그 정점에 이른 작품이 《소년이 온다》이고 여러 화자의 입을 빌려 다양한 각도에서 사건을 살피게 만드는데요. 그 안에 일맥상통한 타자의 고통에 공감하기 혹은 스미지 못함에 대한 안타까움을 읽을 수 있습니다. 우리는 화자이기도 하지만 독자이고 또 주인공일 수 있다는 생각을 할 수 있습니다.

저는 한강 작가의 초창기 작품부터 대부분의 작품을 읽었는데
요. 2007년 《검은 사슴》을 읽고 인터넷에 독후감을 올리기도 했
습니다. 이후 강원도 어딘가를 여행할 때는 '어둔리'가 실제로 있
지 않을까 해서 그늘진 마을을 눈여겨 보기도 했습니다. 〈채식주
의자〉 역시 매혹적인 문체의 소설입니다.

**Q9. 한강 작가의 글을 포함해서 묘사의 비중이 있는 작품은 외국어
로 번역해서 출간하기가 쉽지 않은 편인데요. 이런 상황을 해결하기
위해서는 능력 있는 번역가의 양성이 필요해 보입니다. 저는 전문적
으로 문학책을 번역하는 이라면 평소 관련 독서량이 많아야 한다고
생각합니다. 김광명 사서님은 어떤 생각인지요?**

문학작품 번역가라면 문학적, 어학적 소양은 분명히 있어야
한다고 생각합니다. 이번에 〈채식주의자〉와 《소년이 온다》《흰》
등을 번역한 데보라 스미스는 한국어를 공부한 지 불과 3년 만에
번역했다고 하지요. 그 과정에 '형', '언니', '소주', '만화', '선생님' 등
의 단어를 한국어 발음 그대로 번역해 주목받기도 했다고 들었습
니다.

데보라 스미스는 완벽하지 않은 언어 실력으로 인해 오역도 있었다고 합니다. 하지만 그녀는 영문학도이니 문학에 대한 관심도가 높았을 것이고 영어권에서 한강의 작품에 대한 이해도가 통했겠지요. 당연히 양질의 작품을 잘 해독하려는 번역가에게 독서량은 필수일 것으로 생각합니다.

Q10. 한강 작가는 시와 소설을 함께 쓰는 인물입니다. 김광명 사서님은 한강 작가의 시와 소설 중에서 어떤 장르를 더 좋아하시나요? 그 이유도 함께 부탁드립니다.

소설을 더 좋아합니다. 한강 작가의 시집 《서랍에 저녁을 넣어두었다》는 제가 처음으로 한강 작가를 접한 2008년 무렵에 읽었습니다. 당시 이상문학상 수상 작품집에 실린 〈몽고반점〉을 읽은 후였고, 이후 지인이 선물해준 《가만가만 부르는 노래》는 CD가 곁들여진 책이었는데 잦은 이사로 인해 어디론가 유실되어 찾을 수가 없는 상태입니다. 한강 작가의 작품은 시보다는 소설이 한결 인상적입니다. 강렬한 주제 의식과 구체적인 표현 그리고 서사에 곁들여진 은유적 표현이 그지없이 사람을 끌어당깁니다.

Q11. 소설에서 역사나 현실에 관한 서술 여부는 작가의 선택지라고 생각하는데요. 노벨문학상 심사 과정에서 역사나 현실을 담은 작품의 가치를 높이 사고 있다는 생각이 듭니다. 물론 소설을 미학의 경지로 끌어올렸다는 가와바타 야스나리 작가의 《설국》은 조금 다른 의미가 있지만요. 김광명 사서님은 어떤 성향의 글을 더 좋아하시는지요? 역사와 현실에 관심이 많은 작가의 글에 비중을 두는 편인가요?

아, 《설국》 제목만 들어도 바로 연상이 되는 첫 문장이 있습니다. 책을 펼치면 우리 모두 국경의 긴 터널을 빠져나오는 주인공인지도 모릅니다. 지금도 그렇지만 저는 탐미주의적인 문체를 상당히 좋아합니다. 미시마 유키오의 《금각사》를 읽으면서 심장이 두근거렸습니다. 문학은 아름답고 처절한 고백과 성장의 기록을 통해 독자의 영적 성장을 도모하기도 하니까요. 부조리에 대해 한 줄기의 움직임을 일관되게 유지한 아베 코보의 《모래의 여자》 역시 제게는 교과서적인 미문이었습니다.

질문 주신 역사나 현실에 대한 서술은 반드시는 아니지만 인류애 혹은 인간의 문제를 관통하는 큰 줄기라고 여기기 때문에 노벨상 위원회에서도 그 가치를 높이 사지 않았는지 짐작해봅니다.

Q12. 일본과 중국은 각각 2명의 노벨문학상 수상자 보유국인데요. 사실 숫자가 중요한 부분은 아니지만 앞으로도 한국에서 노벨문학상 수상자가 나올 수 있을까 궁금해집니다.

당연히 노벨상 수상자가 더 나올 것이라고 믿습니다. 어떤 일이건 흥망성쇠가 있는데요. 이제 기반을 다진 문학적인 성과가 더 많은 작품의 번역으로 옮아갈 것입니다. 그러다 보면 문학상 수상자가 더 늘어날 것은 자명한 일입니다.

기존 노벨문학상 수상작들의 대부분이 영어권에서 나왔다면 그쪽의 문화적인 영향력이 컸던 이유도 있을 것입니다. 지금은 문화적인 파급력에서 한국을 따라올 나라가 많지 않으니까요. 음식, 영화, 음악, 패션 등에 대한 관심이 이제 문학으로 옮겨가고 있습니다. 우리는 좋은 작가를 발굴하고 지원하고 출판 문화를 발전시켜야겠지요.

Q13. 노벨문학상을 수상한 외국 작가의 작품 중에서 관심 있게 읽은 책 2권을 추천해주시면 좋겠습니다.

저는 민음사에서 출간한 《백 년 동안의 고독》을 읽었을 때의 감동을 잊을 수가 없습니다. 제가 책을 읽을 당시만 해도 고은 작가의 《만인보》 정도가 거론될 시기였습니다. 저는 책 속에 등장하는 어려운 이름들을 읽어내느라 또 그 가계도를 머릿속으로 그려내느라 몹시 힘들었지만 정말 이런 소설을 쓸 수 있다는 것은 일반적인 소설가는 불가능하다는 느낌을 받았습니다. 또, 주제 사라마구의 《눈먼 자들의 도시》는 파격적인 소재와 빠른 흐름이 인상적이었습니다.

Q14. 만약 한강 작가의 소설 중에서 영화로 제작할 만한 작품이 있다면 어떤 소설이 먼저 선정될까요? 저는 등장인물의 독백 방식으로 처리한 영화가 한강 작가의 소설을 원작으로 한다면 잘 어울릴 것 같다고 생각합니다만.

한강 작가의 소설은 서사성이 뛰어나기 때문에 어떤 작품이든 영화로 제작했을 때 무리가 없을 것이라고 생각합니다. 다만 영화로 만든 〈채식주의자〉의 경우를 돌이켜보면 소설과 영화는 좀 다른 시각이 필요하다고 생각합니다. 책으로 풀어내는 감각과 화면으로 풀어내는 감각은 다르고 또 달라야 합니다. 거기에 가장 명료한 방점은 메시지에 있고, 그 메시지는 영화를 보는 사람의 가슴에 화살을 꽂아야 합니다.

만약 제가 영화감독이라면 저는 《희랍어 시간》을 짐 자무시 감독의 영화 '패터슨'처럼 대사를 많이 넣어서 그려보고 싶습니다. 이미지로 보여줄 수 있는 장점을 최대한 살려 한강이라는 작가를 설명하기에 가장 적합한 작품이라고 생각합니다.

Q15. 올해 10월 이후 도서관에서 문학 서적을 대여하는 방문객의 비율이 늘어났는지요? 이번 기회에 한국문학에 대한 관심도가 많아졌으면 하는 바람입니다만.

네. 당연합니다. 한강 작가의 책은 예약이 밀려 있기도 하고 일부는 대출을 제한하고 관내 열람만 가능하게 하고 있습니다. 더불어 소설 부문에 대한 관심은 가히 폭발적인데요. 원래도 문학의 수요가 가장 많기도 하지만 기존에 인기가 있던 경제 관련 서적, 건강 관련 서적, 음식 관련 서적보다 월등히 많은 수요를 보입니다.

Q16. 김광명 사서님이 생각하는 이상적인 한국 도서관의 모습은 구

체적으로 어떤 것인지 말씀해주세요. 제도적인 측면에서 언급해주셔도 상관없습니다.

"당신을 위해 존재합니다." 저는 도서관을 이런 장소라고 말하고 싶습니다. 우리는 도서관에서 호젓하게 책을 읽기도 하고 다수가 참여하는 프로그램에 참여하기도 합니다. 도서관은 유행하는 트렌드의 책과 고전을 동시에 읽을 수 있는 장소입니다. 이때 책은 책자의 형식이기도 하고 점자이기도 하고 전자책이기도 합니다. 근대 도서관의 아버지인 랑가나단은 '도서관의 5법칙'으로 다음과 같이 꼽았습니다. 제가 생각하는 이상적인 도서관의 모습은 여러분을 모두 만족시키는 장소입니다.

1. 책은 이용하기 위한 것이다. (Books are for use.)

2. 도서는 모든 이용자를 위하여 존재하는 것이다. (Every person his or her book.)

3. 모든 도서는 이용자에게. (Every book its reader.)

4. 이용자의 시간을 절약해야 한다. (Save the time of the reader.)

5. 도서관은 성장하는 유기체이다. (A library is a growing organism.)

Q17. 김광명 사서님은 SNS에 창작시를 올리곤 하는데요. 항상 느끼지만 필력이 대단하십니다. 시는 어떤 연유로 처음 쓰게 되었는지 궁금합니다.

하하. 감사합니다. 제가 SNS에 올리는 글은 시라고 하기엔 많이 모자랍니다. 그저 한 개인의 일상적인 낙서에 가깝습니다. 제가 생각하는 일상, 제 슬픔, 사소한 느낌 같은 것을 다독거리는 곳입니다. 그것은 피부에 도드라지는 '소름' 그러니까 남들은 모를 수 있지만 내게는 너무나 감각적인 순간들에 대한 포착입니다. 설령 그것이 농담에 가깝다고 할지라도요.

처음 시를 쓰게 된 것은 5학년 담임 선생님께서 '사과'에 대해 묘사해봐라 또는 '테러'에 희생된 사람에 대해 헌시를 써보라고 하셨습니다. 조금은 어두컴컴한 복도 끝을 막아 만든 도서실에서 제 꿈은 익어갔고, 2022년 겨울 〈시와 사상〉을 통해 시인이라는 등단 절차를 마쳤습니다.

Q18. 올해 관심 있게 읽은 외국 작가의 책이 있다면 독자를 위해서 제목과 간단한 설명을 해주세요.

2022년에 부커상 후보에 오른 클레어 키건의 소설 〈이처럼 사소한 것들〉을 추천합니다. 중편이라 읽기에 부담이 없고, 상징과 암시 그리고 시사적인 메시지를 담고 있습니다. 저는 톨스토이의 〈이반 일리치의 죽음〉과 비슷한 느낌을 받았습니다. 제가 이 책을 손에 든 계기는 단순한데요. 책 표지가 피터 브뤼겔 화가의 '눈 속의 사냥꾼' 중 일부가 쓰였기 때문입니다. 겨울의 정적인 모습과 인간의 동적인 모습을 대비시킨 상징적인 작품이지요.

역시 훌륭한 소설은 도입부가 말해 줍니다. '10월에 나무가 누레졌다. 그때 시계를 한 시간 뒤로 돌렸고 11월의 바람이 길게 불어와 잎을 뜯어내 나무를 벌거벗겼다.' 마치 한 편의 시처럼 보이지만 이 안에는 얼마나 많은 이야기를 품고 있는지요. 작가는 주인공 펄롱을 통해 모든 진실을 드러내지 않고 독자에게 주변을 살필 것을 암시합니다. 짧은 소설이지만 긴장감이 있고 다 읽은 후에 첫 페이지를 다시 보게 됩니다. 이 작품은 곧 영화로도 개봉된다고 합니다.

Q19. 김광명 사서님이 생각하는 가치 있는 문학이란 어떤 의미를 가지는 것인지 설명 부탁드립니다. 우선 문학적 가치에 대한 정의가 필

요하겠죠.

문학은 인간의 경험, 사상, 감정, 상상하는 것을 언어로 표현하는 것입니다. 즉 언어를 통해 다양한 장르에서 인간의 삶을 깊이 통찰하는 분야라고 생각합니다. 젊은 날 제가 생각한 문학이 독자와의 소통에 방점을 두었다면, 현재는 고민하는 과정 자체를 문학이라고 생각하고 있습니다. 이것은 소통에서 한 걸음 더 나아간 단계라고 생각하는데요.

한강 작가가 우리가 외면하고 공감하기 힘겨워하던 부분을 끌어냈듯이 작가라면 "우리 삶의 가치는 어디에 있는가?", "무엇을 추구하고 무엇을 얻어야 하는가?"에 대한 질문을 던지는 역할이 중요하다고 생각합니다. 즉 "가치 있는 문학은 작가 자신과 독자에게 던지는 적극적인 질문이다"라고 결론을 내리고 싶습니다.

Q20. 나중에 도서관을 소재로 문학작품을 쓸 의향이 있는지 궁금해집니다. 저는 일터에서 느끼는 다양한 감정이 글을 쓰는 데 엄청난 도움이 되었습니다. 물론 직장에서 생기는 사건·사고를 세세하게 기술하지는 않았지만요.

네, 당연히 도서관에 대한 글을 쓰고 싶습니다. 다른 작가들이 도서관에 관해 쓴 시나 글도 많습니다. 도서관을 배경으로 한 글이나 영화는 더 많고요. 그만큼 도서관이 많은 이야기를 품은 곳이기 때문입니다.

사서들이 도서관의 3요소를 말할 때 시설, 장소 그리고 사람을 꼽습니다. 도서관은 그 이름 자체로 건물이라는 의미를 지니는데요. 그저 책만 있는 곳이 아니라 책과 프로그램과 교류의 의미를 지닌 곳이지요. 거기에 사서라는 사람이 존재하기 때문에 도서관이 존재합니다. 책의 종착지인 동시에 독자에 의해 글이 체화되는 장소인 도서관은 충분히 좋은 글의 소재가 되겠지요.

윤중목

· 시인/영화평론가 ·

Q1. 안녕하세요? 지난 여름에 마포에서 뵙고 다시 연락드리네요. 선배님 요즘 근황이 궁금합니다.

네, 바빴습니다. 진짜로 그랬습니다. (웃음) 이봉호 작가도 아시지만, 여순 10·19를 다룬 장편역사소설 《김지회》 내랴, 10·27 신해철 10주기 책 《마왕은 살아있다》 내랴, 연달아 바빴습니다. 책이란 게 물론 지은이의 고유산물이지만, 특히나 시한이 정해진 기획도서의 경우 출판사의 역할과 수고도 크지 않겠습니까?

Q2. 합정동 지하 카페에서 만났을 때 시집 《화방사 꼬마》를 선물로 주셨는데요. 저는 72~73페이지에 등장하는 〈전성기〉라는 시를 가장 인상 깊게 읽었습니다. 선배님이 생각하는 시의 정의란 무엇일까요?

네, 이봉호 작가가 제 신작 시집 《화방사 꼬마》를 빠르고 집중력 있게 그날 다 읽어보시고는 〈전성기〉가 제일 좋다고 하셨죠. 감사합니다. 그 시는 다소 자조적이면서 풍자적인 분위기와 내용으로 이루어져 있어요. 시의 정의를 즉흥적으로 말씀드리면 "시는 직관과 직감의 직설이다"라고 하겠습니다. '직(直)'이라는 한자가 3개나 들어갔네요. 단 여기서 직관과 직감이란 갑자기 어디서 그냥 뚝 떨어진 게 아니라, 시인이 평소 닦고 쟁여온 인생관과 세계관이 바탕으로 작용할 때의 그것입니다. "아니야, 이 정의에 해당 안 되는 시도 얼마든지 있잖아" 하고 지적할 분이 당연히 있을 텐데요. 하지만 시라는 장르의 특성을 간략하면서도 변별케 해주는 말이라고 생각합니다.

Q3. 저는 소설은 과거에 도전해봤지만 시는 너무나 어려운 장르라고 생각합니다. 물론 소설도 결코 만만치 않았습니다. 창작자의 입장에서 소설과 시의 가장 큰 차이점은 무엇일까요?

와, 놀랍습니다. 이봉호 작가가 소설가 지망생이었다니! 이미 평가받고 인정받은 작품들을 갖고 있었네요. 어쩐지 작가님한테서 섬세하고 유약한 감상이 느껴지더라고요. 참 '유약하다'는 말에 오해의 소지가 있을 텐데요. 경쟁일변도로 치닫는 오늘날의 세상 논리를 기준으로 볼 때 약할 '약(弱)' 자가 들어가면 열등함의 표시로 치부해버리는데요. 오직 강하기만 하다면 그건 살기와 독기죠. 살기와 독기만 가득한 자가 어떻게 소설을 쓸 수 있겠어요. 소설이란, 문학이란, 약한 자를 대상으로 위안과 해원, 나아가 구원을 주려는 행위입니다. 문학이란 강한 자를 위해야 하는 장르가 아닙니다. 글을 쓰는 행위자의 천성적인 내면의 유약함이 없이는 약자를 위하는 본질의 문학을 구사할 수 없습니다.

창작자의 입장에서 소설과 시의 가장 큰 차이는 다음과 같습니다. 시인 폴 발레리(Paul Valery)가 그랬다죠. 시는 무용, 춤이고 산문은 보행, 걷기라고. 물론 소설은 보행, 걷기 정도가 아닙니다만. 저는 독창적 비유는 아니지만 시는 단거리 경기이고 장편소설은 마라톤 경기라고 하겠어요. 너무 도식적인가요? 거창하게 전문적 창작론을 끌어올 것 없이 단거리냐 마라톤이냐를 떠올리는 자체로 시와 소설이 차이가 느껴지지 않을까 합니다.

Q4. 선배님의 시는 현실과 역사에 관한 깊은 애정이 돋보입니다. 마치 한강 작가의 소설 《소년이 온다》와 《작별하지 않는다》에 등장하는 광주와 제주의 현대사가 떠오르는데요. 작가로서 선배님의 역사관에

대해서 설명해주시면 감사하겠습니다.

한국사든 세계사든 역사란 진보하든 퇴보하든 강자에 짓밟힌 약자의 피와 눈물의 기록이지요. 너무 심각하고 어두운 역사관일까요? 그렇기에 역사의 어두움 속에서 끝까지 인간의 희망을, 희망의 인간을 발견하려는 것이 문학인 것이죠. 왜냐, 인간을 인류를 사랑하니까요. 사랑해야 하니까요. 우리 자신이 인간인데 우리 자신을 어찌 사랑 안 할 수 있을까요. 그리하지 않고서 어떻게 문학이란 걸 하겠어요. 근본적으로 인간에 대한 연민이 없는 문학은 존재할 수 없다고 봅니다.

Q5. 바쁜 일정에도 불구하고 다양한 시민운동에 참여하신다고 알고 있습니다. 세상에 대해 열린 자세를 가지고 있는 선배님께 많은 것을 배우고 있습니다. 세상을 바꿀 수 있다는 자신만의 믿음은 인생을 살면서 커다란 용기와 힘을 주는 부분이라고 생각하는데요. 선배님만의 인생 지침이 있다면 어떤 것일까요?

어이쿠, 저를 실제 이상으로 괜찮은 사람으로 봐주시는군요. 고맙기도 하고 부담되기도 하네요. 사실 저는 과오도 실수도 많은 좌충우돌형 인간인데 말이죠. 다만 뜨겁게 살려고는 합니다, 생(生)이란, 라이프(life)란, 살아있다는 것은 곧 에너지가 아닐까요? 동양적으로는 기(氣)라고 할까요? 에너지의 속성은 뜨거운 거죠. 더 나아가 끓는 거죠. 그렇다면 살아있음의 본 기운인 에너지의 속성에 맞게 인생을 당연히 뜨겁게 살아야 하는 거 아니겠어요? 다르게 말하면 열정인 거죠.

열정이랑 관련해서 재미난 이야기를 해볼까요? 열정이 영어로는 'Passion'이죠. 한데 전혀 또 다른 뜻이 있단 말이죠. 'The Passion Of The Christ'는 배우 멜 깁슨이 감독한 영화입니다. 해석하자면 '그리스도의 열정'이거나 '그리스도의 수난'이잖습니까? 그래서 몹시 궁금했죠. "어떻게 Passion이 열정과 수난이라는 두 가지 다른 뜻의 동음이의어처럼 쓰일까?" 하고 말이죠. 제 나름의 결론은, 열정이 있는 사람은 가슴이 뜨거운 사람이고 그런 사람은 사회비판적이거나 체제비판적일 수밖에 없다는 것입니다. 세상이란 어느 시대고 온갖 부조리와 비리가 판을 치죠. 끓어오르는데 어떻게 그냥 가만히 있어요? 기어이 무언가 행동이나 발언을 하죠.

그걸 보고 권력자나 기득권자들은 가만히 있나요? 그러한 반항자를 가만히 놔두나요? 붙잡아 때리든, 가두든 반드시 수난을 가하죠. '인간' 예수도 사실은 당시 사회와 체제에 대한 반항아였죠. 순수하고 정의로운 열정의 발로였으나 결국 고통에 겨운 수난을 초래하고야 마는 겁니다. 열정이 수난으로 귀결이 돼버리는 겁니다. 그러니까 열정과 수난이 같은 Passion이란 단어로 묶이게 될 수밖에요. 저만의 어떤 인생 지침이 있냐는 물음으로 돌아가면 내게 주어진 이 뜨거운 에너지를, 기를, 열정을 남김없이 완전 연소시키고 가자! 그게 제 인생 지침의 하나입니다.

Q6. 노벨문학상에 대해 질문하겠습니다. 한국에서 최초로 노벨문학상 작가가 나온 사실에 대한 개인적인 감회를 알고 싶습니다.

이는 개인적인 감회가 아닌 국가공동체의 일원으로서 감회죠. 우리한테는 넘어서기 정말 어렵거나 불가능한 일이 존재합니다. 올림픽 금메달이야 이미 넘어선 지 오래고 아카데미 작품상과 감독상, 이걸 4년 전에 동시에 넘어섰고요. 그리고 노벨상, 그중에도 문학상. 그걸 이번에 드디어 넘어선 거죠. 한마디로 벼락이 내려친 듯한 일대 사건이죠. 작가 본인은 물론이거니와 한국인 모두가 환호성을 지

르며 박수를 쳐줄 기쁜 일입니다. 여담이지만, 축구 월드컵 우승만
은 진짜로 불가능할 거 같아요. (웃음)

**Q7. 저는 고등학교 1학년 시절에 친구한테 윌리엄 골딩 작가의 소설
《파리대왕》을 생일 선물로 받았습니다. 당시 《데미안》을 포함한 헤르
만 헤세의 소설에 빠져 지냈던 때였는데요. 아쉽게도 《파리대왕》은
마지막까지 집중해서 읽기가 어려웠습니다. 노벨문학상을 수상한 작
가의 책 중에서 각별히 좋아하는 작품이 있다면 제목과 인상적인 내
용을 소개해주세요.**

헤세의 《데미안》은 성장소설의 대명사죠. 한국인이 참 많이
좋아하는 작가요, 소설이죠. 제 청춘기 때 필독서처럼 읽었던 지
드의 《좁은 문》과 카뮈의 《이방인》도 빼놓을 수 없겠죠. 이들 모
두 노벨문학상 수상 어부를 떠나서 좋아했었죠. 실은 괜히 좀 있
어 보이려고 폼 잡으며 끼고들 다녔죠. (웃음) 저도 헤세에 빠졌던
시절이 있었어요. 참, 헤세도 노벨문학상 작가잖아요. 아무튼 자
아의 정체성이나 인간의 실존을 찾아 헤매던 청년시절에 언급한
작가들과 작품들이 자극을 주었던 게 사실입니다.

Q8. 노벨문학상은 후보작이나 최종심에 대한 정보를 공개하지 않는 것으로 알려져 있습니다. 비공개로 진행하는 과정이 과연 공개보다 나은 방식인지 궁금해집니다. 이 부분에 대한 선배님의 의견을 알고 싶습니다.

노벨위원회가 나름의 전통과 방식으로 고수해온 것에 대해 왈가왈부하는 건 개인적으로 주제 넘는 일일 수 있겠습니다. 기본적으로 심사위원들의 양식과 안목을 믿어야 할 테고요. 그러고 보니 경우는 다르지만 철두철미하게 비공개로 진행하는 '콘클라베'라는 교황 선출 방식이 떠오르기도 하네요.

Q9. 한강 작가의 노벨문학상 수상을 반환점으로 많은 여러 한국 작가의 약진이 예상됩니다. 선배님이 생각하는 차기 한국인 노벨문학상 후보가 있다면 소개를 부탁합니다.

외국에서 한국문학에 대한 호기심, 관심의 환기는 분명히 일어날 것입니다. 하지만 지속성이 관건인데 이를 장담하긴 이르겠죠. 이제 시작이라고 보는 것이 조심스럽고도 맞는 인식인 것 같습니다. 현실적으로 중요한 과제는 번역이 아닐까요? 한국어를 외국어 문장이나 문체로 아름답고 부드럽고 자연스럽게 바꿔주고 꾸며주는 번역. 이는 거의 재창작 수준이라고 봐야 할 거예요. 그런데 차기 후보를 거론한다는 부분이 저로서는 주제 넘는 일이네요. (웃음)

Q10. 전자책과 휴대폰 등을 비롯한 여러 문제로 종이책을 선호하는 시장이 줄고 있습니다. 이번 노벨문학상 수상이 출판시장을 다시 살릴 기회로 작동할지 의문인데요. 선배님의 고견을 듣고 싶습니다.

솔직히 일시적, 단기적 현상으로 그칠 것만 같습니다. 근본적인 독서문화가 고양돼야지요. 물론 대단히 좋은 계기를 맞이하게 된 건 사실인데 이러한 계기에 반응하는 것을 오직 독자 개인의 분발로만 돌려서는 안 돼요. 사회적으로 나아가 국가적으로 독서정책 내지는 출판정책을 더 잘 펼쳐서 상호유기적인 환경조성에 힘을 기울여줘야 하죠. 책도 엄연한 상품이란 말이죠. 그런데 상품 앞에 문화라는 말이 들어감으로써 여느 상업상품과는 의미가 다르고 관여하는 플레이어들의 성격이 참 독특해요.

일단 책을 '쓰는' 지은이, 책을 '펴내는' 출판사, 책을 실제로 '만드는’ 인쇄소와 제본소가 있죠. 그리고 책을 ‘파는’ 서점과 책을 ‘사서 읽는’ 독자가 있죠. 그런데 이 ‘사서 읽는’이 전혀 분리되는 두 개의 행위가 되기도 해요. 책이기에, 책이라는 문화상품이기에 가능한 건데요. 여기에서 자기는 안 읽고 남이 읽게 하는, 즉 ‘사서 읽게 하는’ 독특한 플레이어가 있습니다. 바로 도서관입니다, 이렇듯 책이란 도서관처럼 공공적인 정책이나 제도로 커버해줄 영역이 있는 특수한 상품인 거죠.

여기에서 상호유기적인 환경이란 모든 플레이어들이 같은 순환고리에 참여해서 협업을 하되 누구도 소외받지 않고 득을 보는 시스템을 지칭하는 겁니다. 실제로 그간 독서의 현장에서 모든 플레이어에게 공통으로 도움이 되는 고마운 부양책들을 실행해왔죠. 그런데 이런 부양책들을 축소 내지는 폐지한 경우가 여럿입니다. 영화 쪽은 더 심각합니다. 한 나라의 백년대계로 진실하고 순수해야 할 문화정책이 정부나 정권의 색깔에 따라 갈라침을 당하는 건 참으로 개탄스러운 노릇이죠.

Q11. 한국 문단에는 이름있는 문학상 출신을 우대하는 경향이 강한데요. 이런 제도가 오히려 문학시장의 필요악이라는 의견도 존재합니

다. 선배님은 어떤 생각을 가지고 있나요?

저는 문학상 제도를 그리 좋게만 여기지는 않습니다. 제가 등단할 때 받은 상 말고는 35년 동안 받은 상이 없어서 그럴까요? 요는 문학상이 이벤트적인, 즉 외형으로 흐르는 면도 많고요. 각 상이 형성하는 일종의 권력도 존재하고요. 그렇다 보니 좋은 작품임이 분명한데도 그 권역에서 소외나 배제되는 경우가 적잖거든요. 그러니까 상 받았다고 우쭐댈 것도 없고, 상 못 받았다고 심란해 할 것도 없다는 생각입니다. 그저 자신만의 작품세계를 충실히 구축해 나가면 됩니다. 그래서 비단 몇 명의 독자에게라도 앞에서 말한 위안과 해원, 나아가 구원을 줄 수 있다면 그게 시인이요 작가로서 진정한 보람과 행복 아니겠어요?

Q12. 한국의 참여문학이라면 김지하 시인의 《오적》과 박노해 시인의 《노동의 새벽》을 빼놓을 수 없습니다. 두 시인의 문학세계에 관해 시인으로서 선배님의 시각이 궁금해집니다.

김지하의 《오적》이든 박노해의 《노동의 새벽》이든, 또 김남주의 《나의 칼 나의 피》든 시대의 산물이죠. 시대의 부조리와 불의에 대한 시인의 비판의식 저항의식이 불을 뿜은 거죠. 문학이란 보편적인 가치가 구현돼야 일반적으로 명작이 되고 고전이 됩니다. 그런 작품의 배경으로 시대상이나 사회상이 반영 안 될 수가 없죠. 비판과 저항을 치열하고 리얼하게 담았을 때 참여문학은 큰 힘을 발휘하게 되는 거죠. 한 시인의 작품 성향을 좌우하는 것은 그 시인의 내재된 기질과 성품, 철학과 사상, 인생관과 세계관이겠습니다만 이를 실제로 추동하는 것은 시대와 사회라고 하는 시인이 운명적으로 놓인 환경이 아닐까 합니다. 소위 순수문학과 대비되는 개념의 참여문학일수록 후자 쪽 요소들이 더 크게 작용한다고 봅니다.

Q13. 선배님은 자작시 〈자화상〉에서 "새파란 하늘은 끝내 터지지 않고 / 당장에라도 푹석 무너져내릴 것 같은 / 차갑고 녹내 나는 유폐 공간이여"라고 기술했는데요. 여기서 '새파란 하늘'과 '유폐 공간'이라는 문구의 의미를 알고 싶습니다.

모든 시가 다 그런 건 아니지만, 통상 시에는 은유나 상징 체계가 쓰이는데요. 짐작하시겠지만, '새파란 하늘'이란 성공과 희망이요, '유폐 공간'이란 좌절과 절망이죠. 그런데 인생이란 게 성공과 희망보다는 좌절과 절망의 일들이 더 많거든요. 그러니까 인생 살아가는 게 어렵죠. 그에 대한 자조와 자탄이 깔린 시인데요. 그렇기에 내게 주어진 인생의 결과에 겸손해야죠. 즉, 나의 운과 복이 이만큼이면 받아들일 줄 알아야죠. 체념도 지혜롭고 깨달은 행동이잖아요, 그러한 관조적 태도가 깔린 시랍니다.

Q14. 요즘 활동하는 시인 중에서 선배님이 주목하는 작가가 있는지 요? 그렇다면 작가의 이름과 시집을 소개해주시면 좋겠습니다.

하하, 죄송해요. 이 또한 제가 특정인을 거명하는 건 주제 넘는 일이고요. 저는 시인들이 너무나 관습화된 시는 그만 썼으면 좋 겠어요. 파격과 일탈의 시까지는 아니더라도 시적 대상을 바라보 는 시선과 표현이 신선한, 팍팍 튀기도 하는, 그런 시를 썼으면 해 요. 색다른 소재 발굴도 하고요. 누군가는 이미 썼을 법한 따분하 고 뻔한 시, 도덕책 같은 엄숙주의에 빠진 시, 혹은 또 유미주의에 만 빠진 시, 그런 시들은 독자가 종내 외면합니다. 시도 결국은 스 토리텔링입니다. 이야기예요. 이야기가 지녀야 할 최고 미덕의 하나는 재미입니다.

Q15. 여러 장르 중에서 시는 특히 외국어 번역이 쉽지 않다고 생각하

는데요. 선배님도 저와 같은 생각인지 궁금하고 해결책이나 개선책이 있다면 부탁드립니다.

한 나라의 언어란 기초적인 의사소통의 기능 내부에 역사, 문화, 전통, 관습, 관례, 유행 등이 담겨 있죠. 그리고 그에 관한 깊은 지식이나 상식으로도 커버할 수 없는 그 나라 말만의 고유하고 특유한 색깔, 분위기, 맛이 있잖아요. 그래서 두 나라 언어의 완벽한 일대일 매치의 번역이란 불가능하죠. 특히 고유한 색깔, 분위기, 맛 등은요. 이런 영향을 훨씬 더 민감하게 받는 장르가 시죠. 소설은 서사라고 하는 이야기 흐름이 기본적인 틀을 유지해주는 면이 있으니까요.

시는 완벽한 매치는 고사하고 1대0.5 매치도 쉽지 않습니다. 그냥 뜻풀이 수준의 단순 직역으로 끝나버릴 수 있어요. 그럼 이미 시가 아니게 될지도 몰라요. 즉, 매우 높은 수준으로 'Bilingual' 한 사람만이 그러한 번역을 해낼 수 있는 거죠. 이를 위해서는 장기간의 일상을 통해 마치 호흡하듯 체득된 구사력이 있어야 해요. 그런 귀한 재원을 길러내야 합니다. 나아가 그런 재원과 인력을 '풀'로 가지고 있어야 하죠. 그런 면에서, 한국문학번역원은 늦었지만 참 잘 만든 기구예요. 결국엔 효과적이면서 아낌없는 긴 안목의 투자가 정답입니다.

Q16. 현재 운영하는 목선재라는 출판사 이름의 배경을 알고 싶네요. 추가로 2025년에는 목선재에서 어떤 책을 출간할 예정인지도 질문하고 싶습니다.

목선재엔 도서출판과 동시에 영화활동을 하는 프로덕션 목선재도 있답니다. 처음엔 협동조합 목선재도 있었어요. 이들이 합해져 문화법인 목선재를 이루는 거죠. 아무튼 목선재는 순우리말은 아니고 한자어죠. 일단 재가 집 '재(齋)' 아니겠어요. 재 자 들어가는 장소나 단체의 이름은 여럿입니다. 많이 알려진 것의 하나가 학고재죠. 그리고 목은 화목할 '목(睦)', 선은 착할 '선(善)'. 풀이를 하자면 화목하고 착한 사람들의 집이 되겠죠. 다른 의미로 사회정의와 휴머니즘의 추구가 목선재의 양대 모토입니다.

그렇게 목선재의 정신에 부합하는 책을 내고요. 우선 내년에 제일 먼저 펴낼 계획의 책은 기획시집이에요. 2년 전부터 프레시안의 80편에 달하는 시 연재물을 모았어요. 제목이 무시무시해

216

요. '시로 쓰는 민간인 학살'이거든요. 이 연재의 후원을 목선재가 해왔답니다. 분량이 충분해졌으니 내년 초에는 정식 시집으로 묶어서 낼 겁니다. 다음으로 계약이 된 산문집이 하나 있고요. 목선재가 우리나라 역사소설의 명가가 되는 게 바람입니다.

Q17. 선배님은 1989년 7편의 연작시 〈그대들아〉로 제2회 전태일문학상을 받았습니다. 또한 공저로 《아, 전태일! : 그가 떠난 50년을 기리며》를 공동집필했는데요. 전태일이라는 인물이 한국 노동계에 끼친 영향을 설명해주세요.

네, 5명의 공동집필이었는데요. 제가 맡은 파트는 '전태일과 한국영화'로서 박광수 감독과의 인터뷰였어요. 이는 제가 시인이 아닌 영화평론가로 한 일이었죠. 박광수 감독은 과거 한국 뉴웨이브 영화의 대표 감독으로 알려진 분이고요. 1995년에 나온 '아름다운 청년 전태일'을 연출하신 분이죠. 현재는 부산국제영화제 이사장으로 계시지요. 그 인터뷰 때 제가 '전태일'에 대해 말한 부분이 다음입니다.

"우리가 전태일을 성자요, 예수라고까지 칭하는데요. 전태일 스스로가 나를 버리고 나를 죽이고 가자, 그러잖습니까. 요는 그의 생애와 죽음이, 그 의미가 단순 노동운동에 국한된 것이 아니란 사실입니다. 노동운동 그 자체도 중요합니다. 너무나 중요합니다. 인간이 삶을 영위하는 경제활동, 그 모든 경제활동이 곧 노동이니까요. (후략)"

Q18. 선배님은 서울 역사영화제 집행위원장 일을 하고 있습니다. 이는 구체적으로 어떤 활동을 하는 것인지 말씀해주세요.

아, 서울 역사영화제요? 영화제에는 모든 장르를 불문하는 종합반적인 부산영화제나 전주영화제가 있죠. 그리고 특정 소재나 대상의 단과반적인 영화제가 있어요. 우선 떠오르는 게 환경영화제, 음식영화제, 동물영화제 등이죠. 역사영화제의 연원은 2016년의 아리랑 영화 축제에서 시작합니다. 그러다가 8·15 서울 역사영화제로, 또 금강 역사영화제로 이어졌거든요. 이를 다시 승계한 게 서울 역사영화제입니다.

이는 우리나라 최초이자 유일한 역사 테마의 영화제입니다. 그런데 준비가 미흡한 상태인지라 내부 역량의 강화를 위해 현재

위원장을 비롯해 모든 위원을 재조직을 하려고 합니다. 서울 역사영화제는 다양한 행사를 통해 이 땅의 역사 바로 세우기에 공헌하려는 착하고 바른 영화제입니다. 사실 권력전쟁이나 돈전쟁보다 더 근본적이고 무서운 것이 역사전쟁입니다.

Q19. 선배님은 시인이자 출판사 대표로도 활동하고 있습니다. 추후에 선생님이 직접 소설을 창작할 계획이 있는지요?

저 자신이 시인임에도 불구하고 더 좋아하는 문학장르가 소설입니다. 저도 소설을 써보고는 싶지요. 하지만 제 능력이나 성격상 소설은 쉽지 않습니다. 장편소설을 쓰려면 엄청난 지구력과 끈기가 있어야만 하는데 저는 오래 못 앉아 있는 타입이거든요. 그래서 저는 시인임에 만족합니다.

다음에 출간할 제 책은 일종의 잡문집이라고 봐야겠네요. 갖가지 종류의 글들이 다 묶일 거니까요. 그리고 시일이 오래 걸려도 내고 싶은 책이 있어요. 구상한 지는 몇 년 됐는데 다른 일에 밀려서 시작을 못 하고 있네요. 비밀인데 《러브팝 에세이》예요. 영미 팝송 중에 사랑을 주제로 한, 팝이지만 가사도 유치하지 않고 한 편의 서정시라고 해도 손색이 없는 것들요. 특히 1960년대 올드팝에 그런 노래가 많죠. 한 20~30곡쯤 골라놨는데 시적인 대목의 영어가사를 얼개로 인간의 감성을 시적으로 풀어나가는 거죠. 이 책은 언젠가는 꼭 쓸 거예요.

Q20. 많은 한국의 문학 지망생들이 오늘도 글을 준비하고 있습니다. 선배 작가로서 이들에게 해주고 싶은 조언이 있다면 부탁드립니다.

글공부보다는 인생공부가 첫째입니다. 이때 인생공부라 함은 고생 고초 고난을 겪어야 한다는 것입니다. 평탄하고 순탄해 가지고 무슨 인생공부가 되나요? 지독히 가난해보거나, 아파보거나, 슬퍼보거나 그런 일을 겪어봐야 해요. 일부러 겪을 수는 없지만요. 그렇게 해봐야 인생에 대해, 인간세계에 대해, 그 불행과 부조리에 대해 눈이 뜨이고 관념에 빠지지 않는 진짜 공감 가는 글, 약자에게 위로, 해원, 구원을 주는 글을 쓸 수가 있게 되죠. '시궁이후공(詩窮而後工)'이라는 고사성어가 있습니다. 시는, 시인은, 곤궁한 후에야 공교해진다는 뜻입니다. 당송팔대가의 한 사람인 구양수의 말입니다. 이 말은 지금도 유효합니다. 아니, 영원히 유효할 겁니다. 문학 지망생들이 대문장가의 설파를 부디 새겼으면 합니다.

천정한

· 인문학 교수 ·

Q1. 안녕하세요? 천정한 교수님은 대학에서 후학을 양성하는 일 외에 정말이지 다양한 사업을 펼치고 있습니다. 먼저 지금까지 대학에서 강의하셨던 내용이 궁금합니다.

저는 여러 기관과 대학에서 특강으로 출판 강의를 해오다 2019년부터 출판기획과 문화콘텐츠 위주의 대학 강의를 하고 있습니다. 출판기획 과목은 학생들이 출판기획서를 작성해서 글을 쓰고 최종적으로 책을 만들어 제출하게 됩니다. 이때 상업 출판이 가능한 수준의 난이도를 요구하기 때문에 기획단계부터 어려움을 많이 겪습니다. 수차례 기획서를 써서 제출해야 하고 엄격한 심사기준을 통과하면 바로 글쓰기에 들어갑니다. 분야를 따로 특정하지 않고 자율로 맡기는데 주로 에세이를 선호하더군요. 개중에는 소설이나 시, 웹소설, 웹툰을 만들어 제출하는 학생들도 있습니다.

　그렇게 탈고를 하면 제본까지 끝낸 자신만의 책을 제작하게 되는데 한 학기 동안 힘든 과정을 거쳐 책이 나오는 만큼 학생들의 만족도가 큽니다. 몇몇 학생은 이 프로젝트로 독립출판사와 계약을 맺기도 했습니다. 이런 실무형 출판 프로젝트와 함께 출판이론 수업을 병행합니다. 그리고 미디어 글쓰기 과목을 통해 미디어 리터러시와 글쓰기를 가르치기도 하고 문학과 공연 영상 미디어 이론, 저작권 강의, 문화콘텐츠산업 강의도 하고 있습니다.

Q2. 교수님은 '정한책방'이라는 출판사를 직접 운영하고 있는데요. 지금까지 출판한 책 중에서 특별히 애정이 가는 책이랑 주로 어떤 성격의 신간을 기획하는지도 알고 싶습니다.

　2015년 창업 이래 약 90여 종의 책을 출판하였습니다. 정한책방은 분야를 특정하지 않지만 인문, 사회과학 관련 책들이 많은 편입니다. 기존 건강 상식정보에 치우쳐 있던 손과 발 분야를 의학 대중서로 펴내 언론뿐만 아니라 시장에서도 좋은 반응을 얻었던 《손의 비밀》, 《발의 신비》, 28년 만에 재복간해 출간했던 문익환 목사님의 명저 《히브리 민중사》, 80년 5월 신군부가 경찰에게 총으로 광주시민들을 진압하라고 명령했으나 이를 거부하고 도리어 시민들을 지켰던 안병하 치안감을 조명한 《안병하 평전》, 최근 환경윤리의 고전이라 불리는 《모래군의 열두 달》까지 애정하는 책이 여럿 됩니다.

Q3. 현재 '책방 문화 잇다'라는 충청북도 괴산에서 운영하는 서점이 궁금합니다. 주로 어떤 장르의 책이 인기가 많은가요? 서점에 방문하는 독자층에 대해서도 말씀해주시면 좋겠습니다.

'책방 문화잇다'는 단순한 서점을 넘어 지역 책문화 사랑방을 표방하고 있습니다. 따라서 낭독극, 공연, 영화 인문학, 북콘서트 등 여러 문화 프로그램을 지역민 대상으로 펼치고 있습니다. 인구감소, 지역소멸 위기 속에서 책문화 생태계 구축이 이를 극복하는 하나의 대안이 될 수 있다는 것을 보여주려고 합니다. 책방의 도서는 정한책방 출간도서와 제가 보유하던 책들로 구성되어 있고 별도 큐레이션을 통해 신간을 보유하고 있습니다. 언론에 종종 소개되면서 지역민뿐만 아니라 다양한 지역에서 손님이 찾아옵니다. 주로 인문사회학 책이거나 문학책을 선호하는 경향이 있습니다.

Q4. 이제부터 노벨문학상에 대해서 질문할 차례입니다. 혹시 다음 학기에 한강 작가의 노벨문학상 수상 등과 관련한 강의도 따로 계획하고 있는지요?

문화콘텐츠 수업 과정 중에 출판이나 문학 이슈를 다루고 있기는 합니다만, 노벨문학상과 관련한 강의를 따로 계획하고 있지는 않습니다. 역대 노벨문학상 작품이 가지는 의미와 배경에 대해 강의를 만들면 좋겠다는 생각은 있습니다.

Q5. 서점을 운영하다 보면 문학의 동향도 함께 알 수 있을 텐데요. 이번 한강 작가의 수상 이후 한강 작가의 책 말고 다른 문학 서적에도 관심을 가지는 손님들이 늘어났지요?

한강 작가 수상 이후 다른 문학 서적으로 관심을 가지는 손님들은 별로 없었습니다. 책방으로 한강 작가 작품 문의는 있었지만 다른 문학 책은 특이한 반응이 없었던 것을 보면 최근 한강 쏠림현상 속에 있는 것은 아닌가 생각하고 있습니다.

Q6. 이번 노벨문학상 수상을 계기로 한국문학의 중흥기가 왔으면 하는 마음인데요. 교수님이 주의 깊게 보는 한국의 신인 작가가 있다면 추천을 부탁드립니다.

개인적으로 이슬아 작가를 눈여겨보고 있습니다. 작품 속에 우리 사회가 안고 있는 여러 문제들을 적극적으로 담아내면서 기존 기성세대의 질서와 문법을 거스르며 자신만의 독창적인 시선을 보여주고 있다고 봅니다.

Q7. 노벨문학상 작가로 선정된 저자의 책은 그 해 한국 출판계에서도 인기가 많습니다. 독자를 위해서 감명 깊게 읽었던 외국 노벨문학상 작가와 관련 저서를 소개해주세요.

2015년 노벨문학상을 수상한 스베틀라나 알렉시예비치의 《전쟁은 여자의 얼굴을 하지 않았다》를 추천합니다. 2차 세계대전에 참전했던 구소련 200여 명의 여성들을 직접 인터뷰하면서 전쟁의 참상뿐만 아니라 전후 남성과 여성이 전쟁을 대하는 태도, 국가의 모순적이고 잔혹함을 고발하는 논픽션입니다. 지금도 세계 곳곳에 전쟁이 수년째 이어지고 있고 한반도 내 군사적 위기가 고조되고 있는 지금, 전쟁이 아니라 평화의 길을 선택해야만 하는 이유를 잘 설명하는 작품입니다.

Q8. 요즘 한강 작가의 저술도서 중에서 《소년이 온다》와 〈채식주의자〉가 주목을 받고 있습니다. 교수님이 제일 인상 깊게 읽은 한강 작가의 작품과 선정 배경은 무엇인가요?

1980년 5월 광주는 44년이 지난 지금까지 미완의 치유 속에 있다고 봅니다. 직접적인 상처와 그 트라우마를 겪으며 파괴된 영혼들이 우리에게 인간성과 양심에 대한 질문을 던지고 있습니다. 이처럼 한강 작가가 《소년이 온다》에서 보여준 리얼리즘은 단순히 과거의 기억에서 머물지 않고 현재를 살아가는 우리에게 주는 메시지라는 점에서 의미가 크다고 봅니다.

Q9. 10월까지만 해도 한강 작가의 책을 구하기가 매우 힘들었습니다. 개인이 운영하는 서점에서도 어려움이 많았다는 뉴스를 보았는데요. 실제로 서점을 운영하면서 상황이 어떠했는지요?

시골 책방이기에 수상 소식이 전해졌어도 별다른 영향이 없을 거라 생각했는데 의외로 독자 문의가 많았습니다. 거래하는 도매상을 통해서 도서 주문을 넣어봤는데 공급이 어렵다는 회신을 받았고 꽤 오랜 시간 책을 전달받지 못했습니다.

Q10. 한강 작가의 책은 《소년이 온다》, 《작별하지 않는다》라는 현대사를 배경으로 한 작품이 있습니다. 저는 "작가와 역사는 불가분의 관계인가, 아니면 선택사항인가"라는 해묵은 궁금증이 있는데요. 선뜻 재단하기 어려운 부분도 있겠지만 작가와 역사에 관한 교수님의 의견은 어떤지 알고 싶습니다.

반드시 리얼리즘 문학이 아니더라도 글을 쓰는 작가는 시대를 반영해야 한다고 생각합니다. 시대를 읽는다는 것은 결국 과거를 통해 내일을 이야기할 수밖에 없기 때문입니다. 그리고 인간의 삶을 글로 표현하는 행위 자체가 역사라고 생각합니다.

Q11. 교수님이 강의를 하다 보면 수업시간에 문학에 관한 질문을 하는 학생들이 있을 텐데요. 기억에 남는 학생과 질문 내용이 있다면 어떤 것인가요?

한강 작가의 노벨문학상 수상 이후 작가의 책이 빠르게 판매되는 현상을 '텍스트힙'으로 보는 학생이 있었습니다. 한강 작가의 책을 SNS에 인증하는 것을 하나의 놀이로 즐기고 있는데 이 학생은 이와 같은 문화가 독서유행으로 이어질 것이라 전망했습니다. 출판과 책방을 현장에서 하고 있는 저로서는 이런 현상은 일시적인 유행에 불과하고 그것으로 말미암아 독서인구가 늘어나거나 출판시장에 새로운 활력이 될 거라고는 보지는 않는다고 의견을 준 바 있습니다.

Q12. 한강 작가의 수상을 계기로 소설창작에 관심을 가지는 학생과 일반인이 늘어날 것으로 생각합니다. 앞으로 한국의 대학가에서도 문예창작에 관한 관심과 시도가 늘어질지 궁금해지는데요.

분명 좋은 자극이 될 거라고 봅니다. 다만 독서인구 감소와 출판시장의 불황은 작가들이 안정적으로 작품을 내놓는 데 분명한 한계를 가진다고 봅니다. 작가는 넘쳐나지만 정작 독자는 없는 기이한 형국입니다.

Q13. 한국은 신춘문예라는 등단 제도가 존재합니다. 문학고시라고

불리는 이런 제도가 오히려 문학의 활성화를 막는다는 의견이 있는데요. 교수님은 신춘문예 제도에 대해 어떤 생각을 가지고 있는지 궁금합니다.

등단 제도는 사실상 무의미하지 않나 생각합니다. 변화된 미디어 환경에서 누구나 글을 쓰고 작가가 되는 시대에 독자는 작가의 등단 여부를 중요하게 판단하지 않습니다. 비 문단 출신 작가의 작품이 베스트셀러가 되는 사례는 흔하게 찾아볼 수 있습니다. 어쩌면 등단 제도가 문학계 문단 권력을 만드는 시스템으로 전락한 건 아닌지 성찰해봐야 하지 않을까요.

Q14. 한승원 작가는 한강의 아버지로 알려진 인물입니다. 저는 영화로도 만들어진 《아제아제 바라아제》라는 한승원 작가의 장편소설을 특히 좋아하는데요. 교수님께서 아끼는 한승원 작가의 작품이 있다면 제목을 포함한 소개를 부탁드립니다.

한승원 작가는 《동학제》에서 동학의 중심은 어민이었다고 저술합니다. 동학사상이 잘 묘사된 점, 동학농민운동을 전체적으로 보여주기보다 한 지역에 일어난 사건 중심으로 동학군에 참여한 인물 간의 갈등구조를 부각해 몰입도가 있었던 작품이었죠.

Q15. 앞으로 한국문학이 세계에 알려지는 기회가 올 것이라고 생각합니다. 출판사업을 하면서 해외 출판사들과 협업하는 경우도 종종 있는데요. 출판사 대표의 입장에서 혹시 자체적으로 번역본 서적을 낼 계획이 있다면 설명해주세요.

영화 '기생충', '미나리', 이번 한강작가의 수상까지 K-컬처 붐으로 번역의 중요성이 대두되고 있습니다. 백희나, 이수지 그림책 작가들이 린드그렌상, 안데르센상을 수상한 바 있구요. 최근 한국출판문화산업진흥원에서 해외 수출을 위한 번역 지원을 하고 있는 것으로 압니다. 번역의 양보다는 제대로 된 양질의 번역 결과물이 나오는 게 중요하겠다고 생각합니다. 박상익 교수가 주장하는 번역청 설립도 검토되었으면 좋겠습니다.

Q16. 노벨문학상은 선정 과정을 세세하게 공개하지 않는 것으로 알려져 있습니다. 그렇다면 심사위원의 역할이 중요해질 텐데요. 이를 공개 방식으로 바꾼다면 공정성에 도움이 될지 궁금해집니다.

심사위원 공개는 또 다른 공정성 시비가 일어날 가능성이 크다고 봅니다.

Q17. 한강 작가 이후에도 노벨문학상을 포함한 해외 유수의 문학상을 받는 작가가 등장할 것입니다. 수상 가능성이 높아 보이는 한국 작가가 있다면 이름과 이유를 부탁드립니다.

노벨문학상이 문학작품에 절대적 기준이 되어서는 안 된다고 봅니다. 문학의 다양성 확보와 안정적인 창작 활동 기반 마련, 국가의 출판, 독서문화 지원 등이 우선시되어야 할 것입니다.

Q18. 천정한 교수님은 현재까지 많은 강의 경험이 있을 텐데요. 콘텐츠를 준비하는 데 특히 어려웠던 강의 과목과 이유를 알고 싶습니다.

저는 '출판기획과 편집' 과목이 어려웠던 것 같습니다. 대학생들이 자기 전공서적 외에 다양한 책 읽기가 안 된 탓도 있고 자신의 생각을 정리해 글을 쓰는 훈련이 되어 있지 않기 때문이기도 합니다. 출판기획을 함에 있어 인문적 접근이 절대적으로 필요한데 그에 대한 소양이 부족해 기획의 소재가 좁고 한정적이었습니다. 입시위주 교육을 받고 자라왔기 때문이겠지요.

Q19. 종이책은 레코드나 CD와 함께 물성이 존재하는 마지막 문화적 보루라고 생각합니다. 저는 종이책의 미래가 영원했으면 하는 바람인데요. 과연 전자책이 종이책의 대체물로 기능을 발휘할지 궁금해집니다.

전자책이 종이책의 대체재가 아니라 보완재가 될 것이라고 봅니다. 인간의 읽기 행위는 앞으로도 계속 될 것이기 때분입니다. 매체에 따라, 읽기의 목적, 기능성에 따라 차이는 있겠지만 전자책, 오디오북이 종이책을 보완하는 구조가 되지 않을까요? 실제 종이책 시장 대비 전자책의 점유율은 그리 높지 않습니다.

Q20. 앞으로 추진하고 싶은 새로운 문화사업이 있다면 이번 기회에 소개해주세요. 늘 응원하겠습니다.

책문화 생태계 구축을 위해 여러 사업을 구상 중입니다. 지금의 독서인구 감소와 출판의 위기를 타계하는 길은 지역 단위로 책문화 생태계를 활성화하는 것입니다. 출판사, 서점, 도서관, 독서모임으로 이어진 책문화 생태계가 서로 연대하고 협력하면서 공동의 사업을 펼쳐나가며 독서 인구를 만들어야 합니다. 괴산지역에서 '괴산 책문화네트워크'라는 이름으로 이를 실험하고 있습니다. 지금까지 로컬잡지를 제작해 지역뿐만 아니라 전국 유통을 해 성과를 냈고, 괴산 책문화축제도 기획해 열어왔습니다. 이를 통해 지역 독서환경이 변화되고 있는 것을 느끼고 있습니다.

하나로
· 웹소설 작가 ·

Q1. 안녕하세요? 하나로 작가님의 요즘 근황이 궁금합니다.

요즘은 직장의 본업에 관한 고민을 하고 있습니다. 인공지능이 웹디자인 산업에도 많은 영향을 끼치고 있어서요. 몇 달 전만해도 실무에 활용하려면 추가 작업이 많이 필요했는데, 지금은 사람이 하는 것보다 나은 부분이 많아진 상황입니다.

Q2. 하나로 작가는 웹소설 창작의 경험을 가지고 있습니다. 한국 웹소설의 역사와 특징에 대해서 알려주세요.

먼저 PC통신 연재와 대여점 종이책 시절을 거쳐 지금과 같은 편당 결제 시스템으로 안착했다고 봅니다. 특징으로는 웹, 그중에서도 모바일 환경을 기준으로 연재한다는 것이 출판 소설과 가장 크게 차이나는 점이고 이에 맞춰 가독성 좋은 문장을 사용하는 편입니다. 연독을 유지하기 위해 기승전결의 사이클을 편당 5000자 분량에 맞춰 짧게 가져가는데, 이 부분이 숏폼 시대와 잘 맞아떨어져서 웹툰, 드라마와 연계하는 IP 산업이 크게 성장했고, 《전지적 독자 시점》 등의 유명 작품은 해외에서도 인기를 얻고 있다고 합니다.

Q3. "작가는 무조건 다독가여야 한다"라는 전제는 예외가 존재한다고 생각합니다. 대표적인 예로 소설 《공중그네》로 2004년 제131회 나오키상을 수상한 오쿠다 히데오 작가는 다른 작가의 소설을 별로 읽지 않는다고 말했는데요. 원고 마감에 쫓기는 작가라면 독서의 시간이 충분하지 않겠지요. 다독이 작가에게 필수적인 부분이라고 생각하는가요?

평범한 작가에게는 필수라고 생각합니다. 의무 교육을 받지 않고도 사업에 성공하는 사람이 있겠지만, 그런 사람을 예로 들어 의무 교육의 중요성을 낮춰보기 어려운 것처럼 다독의 가치도 가벼이 여겨선 안 된다고 생각해요. 물론 예외가 존재한다는 말에는 동의하지만요.

Q4. 하나로 작가는 이미 소설로 수상한 경력을 가지고 있죠. 제가 마 포에서 글쓰기 강의를 할 때 하나로 작가의 소설을 처음 접했는데요. 당시 제목이나 내용이 참으로 신선했습니다. 제목을 지은 배경이 궁 금해집니다.

우선 글솜씨가 미약해서 제목으로나마 주제를 전해야 한다고 생각했던 것 같습니다. 캐릭터를 먼저 정해두고 이야기를 떠올렸 기 때문에 중간에 바꿀 이유를 찾지는 못했구요.

Q5. 올해는 한국 최초로 노벨문학상 수상자가 나온 해입니다. 이 사 건에 대한 개인적인 견해를 알고 싶습니다.

노벨문학상 후보자로 곧잘 거론되던 작가가 아니어서 더욱 놀 랐습니다. 최근 한국문학이 페미니즘에 잠식되었다는 의견과 남 성작가는 발전이 없다는 의견을 들었는데, 이번 노벨문학상을 계 기로 의견의 시시비비를 떠나 "한국에 국한하는 이야기는 아니 구나"라고 생각하게 되었어요.

Q6. 앞으로도 한국문학을 대표하는 작가가 여럿 등장할 것입니다. 이

시점에서 세계적인 작가로 우뚝 서기 위한 전제 조건이 있다면 무엇이 있을까요?

환경 보호를 주제로 하는 '미스 어스' 대회 우승자의 답변이 떠오르네요. 세상에서 바꾸고 싶은 한 가지가 무엇이냐는 질문에 '공감'을 거론한 것이 감명 깊었습니다. 문제에 집중하면 이견이 나오기 마련인데 본질을 짚으니 마음을 사로잡더라고요. 국가와 문화가 달라도 듣는 사람의 마음을 하나로 묶어주는 말이 존재한다면, 이를 찾아내는 사람이 세계적인 작가가 될 수 있지 않을까요.

Q7. 한강 작가는 소설가이자 시인으로도 활동하고 있습니다. 그의 시 〈괜찮아〉는 많은 독자의 사랑을 받는 작품인데요. 〈괜찮아〉의 인상적인 구절과 느낌을 말씀해주세요.

한강 작가의 시라는 것을 모르는 상태에서 보았다면 다른 감상을 느꼈을지 모르겠지만, 제가 노벨문학상 소식과 작가의 이혼 여부를 함께 전해 들었거든요. 그래서인지 '내 안의 당신'을 위로하는 순간이 괜찮아야만 하는 상황, 꺼져버릴 것 같은 거품 같은 아이를 안아든 시간에 이루어졌다는 것이 기이하게 느껴졌습니다. 누구에게도 의논하지 않고 누가 가르쳐준 것도 아닌데 괜찮다고 말하고서 내 울음을 누그러뜨린 것이 위안으로 다가오기도 했지만, 다른 한편으로는 가정이라는 울타리에서 이루어지는 육아를 참 고독하게 표현했다고 생각하기도 했습니다.

Q8. 과거 웹소설을 인터넷상에 연재하면서 독자들의 날선 댓글로 인해 상처를 받았던 경험은 없었는지요? 이를 포함해서 웹소설을 연재하면서 발생했던 에피소드가 궁금합니다.

불특정 다수가 볼 수 있는 공간에 글을 올리고 상처받지 않는 사람이 몇이나 될까요. 수익을 목적으로 했으니 무플보단 악플이 낫다고 여겼지만 정말 힘겨웠습니다. 제 신원이 드러나지 않는데도 도마에 오르는 기분이었죠. 어느 직업이나 그렇지만, 다른 사람 입에 오르내리는 일은 심적 소모가 큰 것 같습니다. 저만 해도 한강 작가의 사적인 사정을 언급했으니 말이죠.

Q9. 하나로 작가는 요즘 용어로 MZ세대에 속하는 직장인이죠. 그렇기에 종이책에 대한 애착이 저와는 조금 다를 것 같습니다. 전자책과

종이책 중에서 어떤 매체를 더 좋아하는지요? 그 이유도 함께 알고 싶네요.

네. 저는 전자책을 선호하고 종이책은 꼭 사야 하는 경우에만 구매하고 있어요. 검색해서 찾기도 편하고 걸으면서 오디오로 듣기도 좋아서요. 다만 저보다 어린 세대에서는 종이책을 선호하는 경향이 늘어났다고 들었어요. 저는 청소년기에 디지털 문화가 도입되어 적극 활용하는 세대고, 이후 세대는 태어날 때부터 디지털이 존재했기 때문에 외려 아날로그를 멋진 것으로 여긴다고 하더라고요.

Q10. 한국문학 중에서 인상 깊게 읽었던 책을 추천해주세요. 해당 작가에 대한 소개도 함께 해주시면 좋겠습니다.

솔직히 다른 분께 추천할 만큼 마음에 품은 책을 찾지는 못했습니다. 다만 인상 깊게 본 한국문학이라 한다면《나의 미친 페미니스트 여자친구》를 꼽도록 할게요. 이야기 측면에서 아쉬운 부분이 있지만 메갈과 한남의 연애라는 설정이 지금 생각해도 재밌는 것 같아서요. 작가에 대해서는 잘 모르겠습니다.

Q11. 노벨문학상 수상작가의 작품은 늘 언론의 주목을 받습니다. 하나로 작가의 글쓰기에 영향을 준 수상작가와 작품을 함께 말해주세요.

피터 한트케의 《관객모독》을 꼽겠습니다. 저는 회사 업무를 하면서 클라이언트에게 맞춰주는 쪽으로 일을 진행해왔고, 글을 쓰는 것도 다른 분의 의견을 청취하며 문장을 교정해왔거든요. 그래서 웹소설 편집자가 주는 의견도 대부분 반영하려고 했어요. 그런데 결과가 좋지 않았고, 내 주제에 무슨 글을 쓰냐는 좌절에 빠지게 되었습니다. 그런데 《관객모독》은 말 그대로 관객을 모독하는 내용의 희곡이잖아요. 모독까지 할 필요는 없겠지만, 보는 사람의 의견을 모두 청취할 것 없다는 주관을 갖도록 도와준 작품이었습니다.

Q12. 하나로 작가는 대학에서 미술을 전공한 것으로 알고 있습니다. 미술에도 다양한 장르가 존재하는데요. 미술과 문학의 공통점이 있다면 어떤 부분인지 알고 싶습니다.

제 전공은 디자인입니다. 웹디자이너로서 웹디자인을 공부할 때보다 글쓰기를 공부한 이후에 웹디자인 역량이 확연하게 높아졌다고 느낍니다. 디자인은 시각적 언어, 글은 텍스트 언어라는 차이가 있을 뿐 모두 다른 사람에게 의도를 전달하는 것에 목표를 두기 때문인 것 같아요.

Q13. 제가 글쓰기 모임의 강사로 참여할 때 하나로 작가의 수필에 대한 강평을 한 적이 있습니다. 하나로 작가의 글에는 인간에 대한 깊은 배려가 돋보입니다. 본인의 생각은 어떤가요?

글쎄요. 저는 배려라기보다 사회 구성원으로서 존재하기 위한 수단이었던 것 같습니다. 어릴 때 친구들에게 따돌림 당한 경우가 몇 번이나 있었거든요. 저는 나쁜 의도로 말한 것이 아닌데 듣는 사람은 아닐 수 있더라구요. 그래서 하고 싶은 말은 하되 공격적인 발언은 피하자는 생각으로 살았던 것 같아요. 그리고 당시의 기억이 서글픈 느낌으로 남아서 가능하면 타인에게 상처 주고 싶지 않다는 마음을 가지고 있습니다.

Q14. 다음으로 하나로 작가의 이전 직장생활을 쓴 글도 있었죠. 사장이 잠을 자고 있었는데요. 그를 조심스럽게 깨워서 급전을 요청하는 문장이 나옵니다. 마치 드라마의 한 장면처럼 자연스러웠는데요. 본

인의 글에 유머 코드가 있다는 사실을 인정하는지요? 그렇지 않다면 그 이유를 알고 싶습니다.

금요일에 밤새 놀고 집에 가려는데 차비가 없어서 당시 회사 옆 숙소에 거주하던 사장님을 깨워 택시비를 빌려주실 수 있냐고 부탁했다던 이야기였을 거예요. 그리고 저의 코드를 유머러스 하다고 해주시는 분이 제 지난 삶을 통틀어 떠올리면 약 30명 중에 1명 꼴로 있는데 그중 한 명이 이봉호 작가인 것 같습니다. (웃음)

Q15. 홍대지구에는 여러 출판사, 북카페, 서점들이 모여 있습니다. 이런 환경이 마포주민인 제 입장에서는 글을 쓰는 데 어느 정도 영향을 끼친다고 생각하는데요. 같은 마포주민으로서 하나로 작가는 어떤 생각인지요?

우선 외출을 해야 영향을 받을 수 있을 텐데 제가 여기저기 돌아다니는 편이 아니어서요. 다만 집 근처에 있는 카페를 방문했는데 그곳이 책 중에서도 희곡만 모아두던 북카페여서 생전 볼 일 없었을 여러 책을 구경하긴 했습니다.

Q16. 세상에는 수많은 글쓰기 책이 있습니다. 저는 20권에 가까운 글쓰기 책을 읽었는데요. 당연한 이야기지만 저자마다 강조하는 부분이 다르더군요. 하나로 작가는 글쓰기 책을 자주 접하는지요? 직장생활을 해야 하기에 쉽지는 않아 보입니다만.

작가님 독서량에 비하면 저는 거의 안 보는 수준이죠. 개인적으로 책 권수는 많지 않지만, 비율로 치면 글쓰기 책을 많이 읽는 편이에요. 문장을 잘 쓰고 싶을 때, 웹소설로 인기를 끌고 싶을 때, 재밌는 이야기를 쓰고 싶을 때요. 글을 쓰고 싶은데 쓰기 힘들다고 느낄 때에도 보는 편이네요. 저만 힘든 게 아니라 모두 다 힘들어 한다는 느낌이 전해져서요.

Q17. 이제는 누구나 작가의 꿈을 실현할 수 있는 시대입니다. 매체의 발전이 글쓰기에 도움이 되었는지는 개인적으로 의문인데요. 이 부분에 관한 하나로 작가의 생각을 말해주세요.

글쓰기에 도움이 된다는 기준을 어떻게 지녀야 할지 어렵네요. 원하면 할 수 있다는 긍정성의 폐해를 다룬 《피로사회》가 글쓰기 영역에도 팽배하겠다는 생각이 듭니다.

Q18. 한국문학과 외국문학은 국가나 작가별로 많은 차이가 존재합니다. 아무리 미디어가 발전해도 고유한 문화는 쉽게 섞이거나 사라지지 않는 이유 때문인데요. 한국문학과 외국문학의 차이에 대한 의견이 궁금해집니다.

제 경우 외국문학은 공부하듯이 받아들이는데 한국문학은 제 삶과 생각을 빗대어서 보게 되는 것 같아요.

Q19. 하나로 작가는 소설창작에 관심이 많은 인물인데요. 추후 다른 장르의 글쓰기에 도전할 생각이 있는 지요?

개인 소장용으로 자서전을 쓰고 싶어요. 저라는 사람을 알고 있다는 게 삶에 많은 도움이 되더라구요. 그런데 너무 많이 알게 되는 것도 좋지만은 않은 것 같아서 막연하게 생각하고 있습니다.

Q20. 앞으로 기회가 닿는다면 어떤 소설을 창작할 계획인지 알고 싶습니다. 줄거리도 살짝 알려주시면 좋겠네요.

무력감에 관한 이야기를 다뤄보고 싶어요. 어떻게 다룰지는 아직 갈피를 잡지 않았지만 너무 우울하지 않으면서도 억지로 포장하지 않았으면 좋겠다고 생각합니다.

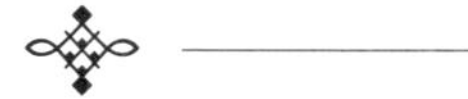

표수연

Q1. 안녕하세요? 요즘 근황은 어떠세요?

이번에 드라마 대본을 쓰고 난 후, 계속되는 수정에 만신창이가 되어 다시 신입 카피라이터로 돌아간 것 같기도 하고, 그 시절을 나는 어떻게 보냈나 싶기도 하고, 왜 이 고생을 하나 싶기도 하다가 글쓰기의 한계에 맞닥뜨리고 나니 이 나이에도 좀 무섭더라고요. 그래서 글쓰기에서 슬슬 도망치는 중입니다. (웃음)

Q2. 2018년으로 기억합니다. 제가 도서관에서 강의할 때 카피라이터로 일하신다고 말씀하셨죠. 요즘은 크리에이티브 디렉터(CD)로 일하신다고 하셨어요. 2개 직업의 차이점을 설명해주세요.

광고를 만들기 위해서 다양한 분야의 전문가들이 하나의 팀이

됩니다. 그중 카피라이터(Copy Writer)는 광고를 만드는 일 중에 주로 글에 관련된 일을 합니다. 크리에이티브 디렉터(Creative Director)는 광고 크리에이티브의 방향을 결정하고, 그 방향에 따라 아이디어를 선택하는 역할을 합니다.

Q3. 표수연 님이 2021년 출간한 《찌라시 카피라이팅》은 제목이 특이하면서도 개성있어 보입니다. 제목을 지은 배경이 무엇일까요?

보통 카피와 관련된 책에서는 성공 사례가 많이 나옵니다. 성공 사례라는 것이 대기업 제품, 고가 제품, 유명 제품들의 광고들이 대부분이거든요. 몇몇 대형 광고대행사를 제외하고는 그런 광고를 맡는 일 자체가 어렵기 때문에 성공 사례가 보여주는 뛰어난 전략들은 그저 이론으로만 남게 됩니다. 저는 현실적인 사례를 통해 광고 현장이나 카피 실무에 바로 적용할 수 있는 카피 입문서를 만들어보고 싶었습니다.

'찌라시'는 저렴한 전단 광고를 속되게 이르는 말로, 광고인들 사이에서는 수준 이하의 광고 제작물을 지칭하기도 하거든요. 저렴한 제품이든 고가의 제품이든 TV 광고든 현수막 광고든 카피라이터의 역할과 태도는 같아야 한다는 의미로 '찌라시'를 사례로 들었고, 이를 제목에 넣는 건 출판사가 제안한 것입니다. 저는 반대했거든요. 책을 읽지 않고 제목만 본다면 멋진 카피라이터를 꿈꾸는 독자들은 '찌라시'를 선택하지 않을 것 같아서요. 출판사는 얼마나 차별화된 제목인지 끝까지 설득해주셨고, 결국에는 저도 인정했습니다.

Q4. 제가 지금까지 강의하면서 가장 에세이를 잘 쓰는 분이 표수연 님이었어요. 카피라이터로 일한 부분이 가장 큰 영향을 미친 것으로 생각하는데요. 글쓰기를 잘하는 다른 이유가 또 있는지요?

아무래도 20년이 넘는 시간을 카피라이터로서 글을 읽고 쓰고 고치며 일한 것이 중요하겠죠. 만일 저에게 다른 이유가 있다면 '주제 파악'이지 않을까 합니다. 글은 자신의 생각을 표현하는 도구 중 하나이기에 많은 좋은 글과 훌륭한 작품이 있음에도 불구하고 독자를 위해 개성 있는 글쓰기를 노력하는 것 같습니다.

Q5. 윤대녕 소설가는 군대에서 수백 권의 시집을 반복해서 읽었다고 하더군요. 표수연 님은 직접 필사를 하거나 시를 암기한 적이 있는지

요? 저는 과거에 필사까지는 해보았습니다.

중·고등학교 때는 국어 선생님께 칭찬을 받으려고 교과서에 나오는 시와 심지어는 수필까지도 암기했던 적이 있는데, 이후로는 시를 암기한 적이 없는 것 같네요. 필사는 작품 전부는 아니고 좋은 문장이나 표현은 따로 메모해서 모아둡니다. 처음에는 카피라이터라는 직업 때문이었지만, 이제는 좋은 글이 체화되기를 바라는 의도입니다.

Q6. 드디어 한강 작가가 노벨문학상을 차지했습니다. '한강의 기적' 에 대해 개인적인 견해가 있다면 말씀해주세요.

작가님께서 한강 작가의 노벨문학상 수상을 '한강의 기적'으로 표현하신 것에 고개가 절로 끄덕여집니다. 한강의 기적을 위해 제가 뭐 하나 보탠 것이 없지만, 국민의 한 사람으로 자랑스러운 마음이니까요. 제가 뉴욕에 있을 때, 신경숙 작가의 《엄마를 부탁해》라는 작품이 한국에서 처음으로 맨 아시아 문학상을 받으면서 미국 랜덤하우스 계열사인 크노프(Alfred A. Knopf)에서 출판되었다는 소식을 듣고, 바로 서점으로 달려가 영문판 《Please look

after mom》을 사면서 괜히 혼자 뿌듯해했던 기억이 떠오르기도
했습니다.

Q7. 한강 작가는 시와 소설뿐 아니라 산문에도 능한 작가입니다. 서술한 3가지 장르 중에서 한강 작가의 개성이 가장 잘 드러나는 장르는 무엇일까요? 그 이유도 함께 부탁합니다.

저는 소설이라고 생각합니다. 한강 작가의 많은 장점 중에 제가 가장 부러운 것은 글을 끌어가는 힘이 대단하다고 생각합니다. 그런 면모는 아무래도 구성력이 돋보이는 소설에서 제대로 드러나는 것 같아요. 인물의 성격이나 심리를 공간이나 행동으로 투영하여 섬세하게 묘사하는 부분이 아주 매력적입니다.

Q8. 한강 작가의 저서 중에서 가장 기억에 남는 책은 무엇인지요? 어떤 부분이 인상적이었는지도 말씀해주세요.

처음으로 한강 작가를 접한 것은 〈몽고반점〉이었습니다. 한강 작가는 〈채식주의자〉, 〈몽고반점〉, 〈나무불꽃〉을 연작소설로 집필했는데요. 채식주의자가 되어가는 한 인물을 각기 다른 등장인

물의 시선으로 보여줍니다. 저는 〈몽고반점〉을 읽고 〈채식주의
자〉의 연작소설을 읽었거든요. 작가는 인간이라는 동물이 가진
몽고반점을 푸른 꽃잎으로 표현하면서 인간 태초의 염원이자 현
대인의 향수로 형상화한 〈몽고반점〉이 기억에 남습니다.

**Q9. 이번 기회를 계기로 한국문학이 세계로 뻗어 나갈 기회라는 의
견이 많은데요. 외국에서도 인정받을 만한 작가가 있다면 누구인지와
배경을 설명해주세요.**

개인적으로는 김애란 작가를 좋아합니다. 같은 채식이라고 치
면, 한강 작가의 작품이 절제된 사찰음식이라면 김애란 작가의
작품은 제철을 맞은 시골밥상이지 않나 싶습니다. 김애란 작가는
한 인물의 다면적 심리를 끌어내는 능력이 뛰어나고, 문장과 글
의 여백이 여운처럼 느껴지는 매력이 있어 가장 한국적인 정서를
표현한다고 생각합니다. 궁극적으로 가장 한국적인 것이 가장 세
계적인 것이니까요.

**Q10. 노벨문학상의 쏠림 현상이 여전합니다. 주로 유럽 출신의 작가
들이 자리를 차지하고 있기 때문인데요. 앞으로는 한국이나 아시아**

출신 심사위원의 비중이 높아졌으면 좋겠습니다. 표수연 님은 어떤 일본작가의 작품을 즐겨 읽으시는지요?

노벨문학상 쏠림 현상의 문제점 중 하나는 독자의 선택을 제한할 수밖에 없다는 점입니다. 한국작품이 아닌 다른 나라 작품은 언어의 한계로 번역된 작품을 선택할 수밖에 없고, 출판사에서는 수상작이나 유명 작가의 작품 위주로 번역하기 때문에 독자는 그 범위 안에서 고르게 되니까요. 그런 점에서 저 역시 유럽 출신 작가들의 작품을 주로 읽었습니다. 일본 작가라고 하면 무라카미 하루키 작품이 대부분이었고, 에쿠니 가오리, 야마다 에이미 정도입니다.

Q11. 종이책이나 동네서점의 위기론이 여전합니다. 저는 전자책 세대가 아닌지라 이런 현상이 매우 아쉬운데요. 종이책의 대안으로 전자책이 아닌 오디오북이 등장했습니다. 서술한 3가지 매체 중에서 앞으로 가장 시장지배력이 높은 매체는 무엇일까요? 일단 유튜브 등의 동영상 매체는 제외하는 것으로 하시죠.

문학작품에 접하는 시장지배력이 높은 매체를 선택하라고 하시면, 전자책이라고 생각합니다. 일단 '시장'이라는 개념은 효율적, 경제적 개념이 포함되어 있기 때문입니다. 종이를 소비하는 환경적인 측면이라든지, 유통과 판로 등의 소비적인 측면은 아무래도 시대의 경향에 좌우될 테니까요. 종이책은 소장의 목적에 맞춰 고급화한다거나 하는 종이책만의 특성을 살린 새로운 판로를 개척할 것으로 생각합니다.

오디오북은 종이책이나 전자책과는 다른 결이지 않을까요? 시각으로 텍스트를 읽는 감동과 청각으로 텍스트는 듣는 감동은 다소 차이가 있기에 오디오북에 맞는 작품을 선별하고 작품에 맞는 목소리를 찾는 일에 따라 작품의 감상이 달라질 수도 있지 않을까 합니다. 광고의 경우, 같은 제품이라도 인쇄매체 카피와 라디오 카피, TV나 영상 카피에 차이를 두는 이유가 여기에 있거든요.

Q12. 한강 작가는 역사와 개인의 비중을 다르게 배치한 글을 씁니다. 이를 정확히 구분하기 애매하지만 역사와 현실이 작가라면 반드시 다뤄야 할 소재인지 궁금해지는데요. 어떤 의견이신가요?

어떤 역사나 현실을 소재로 쓸 수 있겠지만, 작가가 쓰고 싶은 글에는 어떻게든 역사와 현실이 녹아있지 않을까요? 글의 배경이 되든지 인물의 성격이 되든지 사건의 실마리나 걸림돌이 되든지요. 하지만 역사와 현실을 의식하면서 쓴 글은 소설이라는 문학적 측면에서 몰입이나 감동이 줄어들지 않을까 합니다. 가끔 그런 글을 읽을 때면 역사책인지 문학책인지 헷갈리거나 감상이 아닌 이데올로기를 강요하는 듯한 느낌이 들더라고요.

Q13. 소설 〈채식주의자〉에서는 육식을 포기하고 채식을 하는 인물이 등장합니다. 가족이라는 울타리도 채식주의자로 변한 인물을 제대로 이해하지 못하는데요. 현실에서 마주치는 채식주의자에 대한 개인적인 견해가 있는지요?

한강 작가의 채식주의자는 상징성이 많지만, 책을 읽으면서 니라면 채식주의자에게 어떤 시선을 가졌을까, 상상해본 적은 있습니다. 메뉴를 통일하고 남의 시선을 중요하게 생각하는 대한민국에서 채식을 이어가는 것이 멋있고 대단하다고도 생각했습니다. 결국은 자신의 선택이고 실천인데 불편한 시선이랄 것이 있을까 싶었습니다.

저는 채식주의자인 동료와 잠깐 일하게 되었는데 솔직히 마냥

편하지는 않았습니다. 채식주의자를 위한 메뉴가 드문 대한민국 식당에서 저를 포함한 육식주의자들과 늘 같이 밥을 먹어야 하는 상황에서 서로 배려를 해줘야 한다는 강박에 메뉴를 고르는 것이 늘 눈치게임 같았으니까요. 어떤 이유로든 남들과 다른 선택은 늘 용기가 필요하고 외로울 수도 있습니다. 모두의 이해를 바라기보다는 자신의 견해를 유지할 수 있는 환경을 하나씩 만들어가는 과정이 중요하다고 느꼈습니다.

Q14. 한강의 아버지 한승원의 직업 역시 소설가였습니다. 한강처럼 부모의 직업이 도움을 준 사례가 많을 텐데요. 이를 뛰어넘지 못해 힘들어하는 경우도 많다고 생각합니다. 직업의 대물림이라는 현상에 대해 어떻게 생각하는지요?

아이에게 부모는 세상이라고 합니다. 부모님의 직업은 어떤 식으로든 아이에게 영향을 줄 수 있는 부분이기에 직업의 대물림은 어쩌면 자연스러운 현상일지도 모르겠습니다. 하지만 부모의 틀을 벗어나는 것은 다른 직업을 선택하는 노력보다 어려운 일이고, 그런 도전에 성공했을 때야만 온전히 자신의 능력으로 평가받는다고 생각합니다. 독자의 입장에서는 한승원 작가의 소설과 한강 작가의 소설을 비교하면서 읽어볼 수 있는 흔치 않은 기회를 얻게 된 셈이지만요.

Q15. 카피라이터의 시각으로 볼 때 한강 작가가 출간한 책의 명칭이 어떤 느낌을 주는지요? 저는 문장형 제목보다 단어로 이루어진 제목이 주는 파괴력이 더 크다고 생각합니다.

책의 제목은 카피의 헤드라인이라고 말합니다. 책의 내용을 포함해야 하고, 독자의 흥미를 끌 수 있어야 하니까요. 한강 작가의 제목들은 작품과 비슷하다고 생각합니다. 담백하고 정갈하지만, 단단함이 느껴집니다. 고목이라기보다는 자작나무 같다고 할까요? 이색적이지만 단단하고, 허물을 벗듯 속을 드러내지만 휘지 않고 곧게 뻗는 모습이 제목에서 느껴지는 이미지와 비슷하다고 생각합니다. 이게 뚝심이라기엔 외로워 보이고, 결심이라고 하기엔 위태로워 보이기도 해서 한강 작가의 작품으로 잘 이어진다고 생각합니다.

Q16. 예상컨대 한강 작가의 책을 영화화하려는 열기도 대단할 것으로 보입니다. 이미 영화화된 〈채식주의자〉와 〈흉터〉를 제외하고 어떤

작품이 영화로 나오면 좋을까요? 저는 《소년이 온다》와 《작별하지 않는다》를 꼽고 싶습니다.

한강작가의 작품은 영화로 만들기 좋은 소설이라고 생각됩니다. 작품을 읽으면서 저절로 장면이 그려지는 듯했으니까요. 기이한 소재를 뛰어난 작법으로 현실로 그려내고 설득하는 힘이 있는 작가라고 생각합니다. 다만, 제가 아직 한강 작가의 작품을 많이 읽어 보지는 못해서 어떤 작품이 영화로 나오면 좋을지 답하기가 어려울 수도 있겠습니다.

Q17. 독서를 하다 보면 다시 읽고 싶어지는 책이 있습니다. 저는 3번 이상 읽은 책도 있는데요. 표수연 님은 정독과 다독 중에서 어떤 형태의 독서를 선호하는지요? 이유도 함께 말씀해주세요.

작품을 처음 읽을 때의 감상을 중요하게 생각하는 편이라 정독을 택하는 편입니다. 다독하시는 분들은 읽을 때마다 감동이 달라진다고 하셔서 몇 번 시도를 해보니, 저는 첫 감상과 달라지는 것도 가끔 어색하고 서운할 때가 있더라고요. 책을 읽을 때 처한 나의 감정과 상황에 따라 감상이 달라지기도 하는 것 같아서 처음 작품을 만났을 때가 인연 같기도 하더라고요.

Q18. 표수연 님은 광고대행사에서 일한 경력이 있는데요. 아이디어의 압박이 대단한 직장이 광고대행사로 알고 있습니다. 실제로 그러한지 설명 부탁드립니다.

실제로 그렇죠. 하루에도 몇 번씩 회의를 할 때도 있는데 회의 때마다 아이디어를 준비해야 하고, 회의시간에 그걸 설명하고 설득해야 하니까요. 크리에이티브에 경력은 있지만 자격증은 없습니다. 매번 자신의 실력을 자신의 아이디어로 평가받아야 하니 단명하는 직업 중 하나로 알고 있습니다.

Q19. 이제 지하철을 타면 책이나 신문을 보는 탑승객이 전무하다시피 합니다. 휴대폰이 그 자리를 차지하고 있는 상황인데요. 앞으로도 이런 경향이 심해질까요?

앞으로 이런 경향은 더 두드러질 것으로 보입니다. 매체는 더 개인적이고, 취향은 더 다양해질 것 같습니다. 책이나 신문은 휴대폰 속에 들어가 시대가 변하면서 도구가 달라지는 것은 어쩔 수는 일이죠. 하지만 안타까운 것은 바로 옆에 있는 서로를 보지 못하면서 휴대폰 안에서 관계를 찾고, 세상을 보려고 하는 행위는 군중 속의 고립이라고 생각합니다. 그렇게 독자가 점점 사라지고 관객이 되어버리는 것이 아닌지 글 쓰는 사람으로서는 불안한 마음마저 드는 것도 사실입니다.

Q20. 벌써 2권의 책을 내셨습니다. 앞으로 출간하고 싶은 책이 있다면 어떤 내용인지 소개 부탁드려요.

얼마 전에 《크리에이티브를 위한 AI》 최종고를 출판사에 보냈습니다. 탈고할 때마다 출간은 제 능력에 벅찬 일 같아 다시는 하지 말자고 다짐을 하지만 기회가 올 때마다 결국 욕심을 내고 맙니다. 혹시 다시 기회가 주어진다면, 아이디어를 위해 정리해놓은 글을 모아 에세이를 써보면 어떨까 합니다. 누군가에게 받은 메모 한 줄, 낯선 사람이 무심코 던진 한마디가 문득 마음에 와닿을 때가 있잖아요. 그게 바로 말과 글의 힘이라고 생각합니다. 겨우 짧은 한마디, 짧은 한 줄이 기분을 바꾸고 하루가 달라지면, 사람을 바꾸고, 인생까지 달라질 수도 있으니 씁쓸한 하루를 보낸 누군가에게 위로가 될 수 있는 사적인 아포리즘을 만들어보고 싶습니다.